かなえられない恋のために

山本文緒

角川文庫
15581

かなえられない恋のために　目次

contents

まずはここからお読みください　7

31歳　13
はじめに　15
やばい失恋　21
もてない男というもの　25
悪霊ケッコンガンボー　30
待つ　35
禁断の世間話　39
エイズ検査　44

ディズニーランドへは誰と行くか　53
ココロの栓を抜く　57
猫の古墳　62
姑息な恋愛　67
ぶらぶら　72
若い子ちゃんからの手紙　76
負けず嫌いな人　82
会社が好きだった理由《ワケ》　86
書くしかないの　91
不倫と我慢　95

ひとり時差ボケ　102
女王様　107
飲みすぎちゃって困るの　110
煩悩とお友達　114
古い壺を磨き続ける　118
人には言えないお仕事　122
狭い世界　127
結婚を迷っているあなたへ　131
パンクチュアル　137
街角のいちゃいちゃカップル　142

変な恰好　146
三十歳になるまで症候群　152
あとがき　157
46歳　161
作家であることに未だに慣れない　163
解説、のようなもの　伊藤理佐　183

まずはここからお読みください

こんにちは。山本文緒です。この本はエッセイ集で、ずいぶんと前に書いたものです。

過去に二回出版されたことがあり、それを今回大幅に改稿し、新たに加筆したものです。山本のエッセイ集を読んだことがある、という方は買う前にその点に気をつけてください。

本書は一九九三年に単行本として出版され、一九九七年に文庫本として再び出版されました。今回の出版は三回目ということになります。業界ではこれを二次文庫と呼んだりします。

このエッセイ集を最初に出したとき、私は三十一歳でした。今は四十六歳です。月日は流れました。

本書をお読みくださる方が混乱しないように、まずはものごとの経緯を簡単に説明させてください。

十五年前、私は無名の新人作家でした。仕事の依頼はほとんどなく、筆一本ではとても自活できない状態でした。出版社から「恋愛エッセイを書いてみませんか」と連絡があったとき、本業は小説だけれど本が出せるなら何でもいい、そこから活路が見出《みいだ》せるかもしれないと思って、とても嬉《うれ》しかったのをよく覚えています。

「エッセイ」で、しかも「恋愛」という部分に多少の引っかかりは感じていたのですが、四の五の言っている場合じゃありません。当時の私は頑張って恋愛について語っています。ですが、うーん、当時もつらかったけど、今読んでもやっぱり無理があります。私は恋愛小説というところにカテゴライズされるものを書いているので、恋愛がらみのエッセイも書けるんじゃないかと思われがちなのですが（自分でも書けるような気がしていた）、本当はすごく苦手です。恋愛について語るのはとても難しい。

小説だったら、若いときに書いた未熟なものでも、「いいぞ頑張れ当時の私」

と微笑ましい気持ちになったりするのですが、無理して書いた恋愛エッセイは「ちょっとそこ座りなさい当時の私」と、説教したい気持ちになりました。

　なんか時代錯誤なことや乱暴なことをいっぱい言っています。表現など書き直せるところは書き直したのですが、やっぱり荒っぽい。まあ当時の私が荒っぽかったというか、だいぶデリカシーに欠けていたのでしょう。どうかお許しくださ い。

　自分でも「これはちょっと」と思うような作品を、加筆訂正したとは言え、再び出版する気になったのはいくつか理由がありまして、その第一はやはり出版社が二次文庫としての出版を依頼して下さったからです。

　依頼は作家を作家たらしめる。作家の仕事は依頼がなくなったら終わりです。依頼があるうちはまだ読んでくださる方がいるということです。出版社は慈善事業をしているわけではないので全然売れない本を出したりはしません。

　十五年前、この本を書いているとき、私には読者の顔がまったく見えなくて、お願いですからどなたか読んでくださいと祈るような気持ちでした。だから出してもらえるうちは有り難く出して頂こうと思った次第です。

第二の理由は、未熟で乱暴な文章ではありますが、考え方の根本は今とそう変わってはいないと感じたからです（いくつかの章はまったく考えが変わってしまっていて、この角川文庫版では削除しました）。

この本を最初に出したとき、残念ながら多くの人に読んでもらえたという手応《てごた》えはありませんでした。でもこの本をきっかけに徐々にエッセイの仕事が増えていったのは確かです。私は何冊かエッセイ集を出していますが、その源は本書ということになるので、残しておきたいという気持ちもありました。

第三の理由は私的なことです。作家の仕事というのは「過去を振り返る」という作業が案外多いです。新刊が出ればその宣伝活動で、少し前に書き上げた作品について語ることになります。単行本が文庫化するときは、過去に書いたものをもう一度読み込んで推敲《すいこう》することになります。エッセイの依頼がくれば、やはり過去にあった出来事などを書くことが多いです。そう考えると、なんだか後ろ向きな仕事です。

過去を振り返り慣れている私ですが、この本を出すことを少しだけ躊躇《ちゅうちょ》したのは、あまり振り返りたくない過去について書かれている部分があるからです。

私の本を何冊か読んだことがある方はご存じだと思いますが、私は一度離婚経験があり、今は二度目の結婚をしています。私が書くエッセイに出てくる夫というのは現在の夫がほとんどなのですが、この本に出てくる夫は最初の結婚相手のことを指しています。

当時、結婚生活は暗礁に乗り上げていました。私は夫と暮らしていたアパートを出て実家に戻っており、アルバイトも辞めて、実家でご飯を食べさせてもらっていました。この頃、結婚生活も会社勤めも放り出して何をしていたかというと(アルバイトとはいえ社員並に働いていました)、書き下ろしの長編小説を書いていました。そのとき仕事はその小説とこのエッセイ集しかありませんでした。でもその小説とこのエッセイ集を全力でやって次の仕事につなげていこう、筆一本で食べていけるようになるんだと背水の陣をしいていたわけです。

この頃のつらかったあれこれを思い出したくないという理由で、この本を抹殺したいと考えたこともあります。でも今となっては懐かしいです。私にはこんな風なときもあったんだと、昔の日記をめくったような気持ちになりました。

上司も同僚もいない状態で一人で働く、ということにまだ慣れていなくて、でもこの仕事で食べていけるようになるんだと決めて歯を食いしばっていました。その頃の空気が残っているエッセイなので、やはりなかったことにしたりせずに残しておこうと思い直しました。

読むとつらかったことを思い出しますが、同時に楽しかったこと、幸福だったことも思い出します。どうしてつらかったかというと、それはかつて確かに幸福だったときがあったからです。それを自分自身が忘れないためです。

私は長いこと自分のことを根に持つ性格だと思っていたのですが、案外忘れっぽいことを最近自覚しました。つらさも楽しさも過ぎてしまったことは、都合良く思い出さなくなる。なので自分の備忘録としてこの本が生き残ってくれるのはとても嬉しいです。大変に個人的で勝手な話ではありますが。

何しろ若いとき、それも精神状態のよくないときに書いたものなので、お見苦しいところは沢山あると思います。代わりに近況や今現在の私が考えていることなども長めに書いてみました。なんと伊藤理佐《いとうりさ》さんに漫画もつけてもらいました。

電車の中や寝る前や、ちょっとした暇つぶしにぱらぱらやって頂ければ幸いです。

31歳

はじめに

鏡を見ると、必ず思うことがある。

もっと美人に生まれていたら、人生違っただろうなあ、と思う。

生まれてから三十年もたっているというのに、まだそう思う。

けれど、さすがにこの年になれば、美人＝おいしい人生と、単純に思うわけじゃない。

不幸な美人をたくさん知ってるし、だいたい美人かそうでないかなんて、人によって線の引き方がまるで違うものだし。

だから、そう悲惨な気持ちで鏡を見ているわけじゃない。

鏡には、当たり前だけど、修整なしのありのままの私が映る。

人様が見ている通りの私が映る。

げじげじ眉毛《まゆげ》の、瞼《まぶた》が腫《は》れぼったい、二重顎《あご》の私が映る。

全身が映るような大きな鏡には、子豚体型の私が映る。

そんな自分を見る度に、何だこれは、私って本当にこんなの？　まいったなこりゃ、と暗くなる。

この、ありのままの姿を人様に見せたくなくて、仕方なく私は化粧をする。

産毛を剃《そ》って、ファンデーションを塗って、瞼と唇に色をつける。

なるべく体型が目立たないような服を着て、鏡の前に立つ。

少し、ましになっている。

道行く人が振り返るような美人にはどう努力してもなれないけれど、人が立ち止まって口をポカンと開けるようなブスではなくなった。

ほっとして、出掛ける。

でも、家に帰って来て、化粧を落として洋服を脱ぐと、ちゃんと鏡に子豚な私が映っている。

脱力。

この虚《むな》しい現実からどうやったら逃れられるだろうかと、私はかつて真剣に考えた。

もう鏡など二度と見ず、二度と外に出掛けない、と決心するほど、厭世《えんせい》的な性格ではなかった。

整形してみようかと思うほどの、切羽詰まった感情も度胸もなかった。

とりあえず、前向きに考えよう。

ひとつでもコンプレックスを減らせばいいと、まず私は体重を落とすことにした。

からだが豚でなくなれば、人間の男の人に愛されるかもしれない。

半年ほど無茶なダイエットをして、十キロ近く痩《や》せた。

そうしたら、友人知人がみんな褒めてくれて、すごく嬉《うれ》しかった。

けれど、すっかり体調が崩れてしまった。会社から帰るとぐったりで、好きな本を読んだり映画を見たり、遊びに行く元気すらなくなってしまった。

このままではまずいかな、と思いはじめ、ちょっと多めにご飯を食べたりお酒を飲んだりしたら、あっという間に元の子豚に戻ってしまった。

そうやって、いろいろ、いろいろ、いろいろ考えているうちに、何だかバカバカしくなってきてしまった。

化粧をしたり、新しい洋服を着たりするのは楽しい。

お出掛けする時は、相手によって服を選ぶ。

友達とお茶を飲む時は、簡単に化粧をしてジーンズとシャツで行く。

男の人がご馳走《ちそう》してくれるという時は、その時のお気に入りを着て、いい靴を履く。

いっぱしの大人に見てもらいたい時は、スーツにストッキング。

けれど、どういう日でも、家へ帰れば化粧を落としてパジャマを着る。

あぐらをかいてテレビを見る。トイレにも行くし、疲れた日には鼾《いびき》もかく。

スーツを着てすましていた私も、家へ帰れば座敷豚に戻る。

座敷豚状態の私を、人に見られては幻滅されると私は長いこと思っていた。

すっぴんの私では、誰にも愛されないと思っていた。

いや、もしかしたら本当にそうかもしれない。

私は数年前に結婚したけれど、今はいろいろあって別居中である。夫は座敷豚の私を見て、幻滅したのかもしれない。

開き直るのは嫌いだけれど、これぱっかりは仕方ない。

家にいる時は、力を抜きたいのだ、私は。

もちろん、いっしょに暮らしている人にも、家にいる時は力を抜いてほしいと思う。

洗面所の鏡には、身も心もだらけきった私が映るけれど、最低限のルール（目の前でおならをしないとか、裸でうろうろしないとか、そういうこと）は守っているつもりだから、それ以上はかんべんしてほしい。

化粧もしないデブのババアになったから別れたい、と夫が言うのであれば、それは仕方ない。こりゃまた失礼しました。慰謝料なんかいりません。

鏡に映った自分を、可愛がってあげようと私は思う。

一生、身も心も演技し続けるほどの根性はないので、やはりすっぴんの私を見てもらうしかない。

過剰な化粧もしない。高価な服も買わない。自分らしくない振る舞いもしない。運動神経の悪さも、知識のなさも、神経質なわりにデリカシーに欠ける性格も、案外少女趣味なところも、鏡に映ったまま（人が指摘するまま）受け入れようと思った。

そしたら、ちょっと楽になった。

過不足なく自分を知るのは、本当に難しい。卑屈さも、変な謙遜《けんそん》も、おごりも、自意識も、全部捨てた自分、というものを見ることは、もしかしたらできないことなのかもしれない。

けれど、まあ、そういうものを超越した人間なんて、ちょっと恐い。他人の目や、自分の目に惑わされつつも、何とかすっぴんでい続けたいと思っている。

鏡に映った私から、目をそらさないでいたいと思う。

やばい失恋

誰でも失恋の経験ぐらいあるだろう。風邪をひくぐらい簡単に、皆失恋をする。大恋愛の末の失恋も、ちょっといいなと思っていた人に恋人がいたぐらいの失恋も、立派に失恋だから堂々と悲しんでいいと思う。

ただ「やばい失恋」というのには注意した方がいい。それがきっかけで、命のバイオリズムみたいなものが、ぐーっと下がってしまうこともある。大袈裟《おおげさ》だとお思いになる方もいるだろうけど、失恋をなめてはいけない。風邪を軽くみてはいけないのと同じで、失恋はこじらすと致命的なものになる。

一度私も「やばい失恋」をしたことがある。あれは考えてみれば、相手からして「やばかった」のだが、まだ未成年だった私には分からなかったのだ。

現実の恋の話、それも失恋の話というのは大抵ありきたりの話だ。たまには橋《はし》田壽賀子《だすがこ》もびっくりみたいなすごい話もあるけれど、私が経験してきたのは、それこそどこにでもあるような、ありきたりの失恋だった。

話は簡単である。相手が浮気者だっただけだ。けれど、本当にしょうもないんだけれど、そういう相手ほど魅力的に見える時期というのがあるのだ。

とにかく私はその男の人が好きで好きで、浮気どころか完全に二股《ふたまた》をかけられているのも承知で、それでも好きで、デートできることが嬉しくて、毎日がその人と逢《あ》っている時間と逢っていない時間の二種類にしか分けることができなくて、つき合いはじめて二年たってもまだ逢う度にどきどきして、親に泣かれようが殴られようが外泊しまくって、バイト代を全部彼とのデートやプレゼントにつぎ込んで、それでもその人から安心を受け取ることは一度もなかった。

結末は誰の目にも明らかだった。思った通りの終わり方だった。電話一本で簡単に別れを告げられてしまった私は、茫然《ぼうぜん》と切れた電話を見つめていた。

もし、これが友人の話なら、そんな男は早く忘れてもっと誠実な人を見つけなよと慰めていたと思う。事実、友達は心配してあれこれ慰めてくれたし、私もそれは心底ありがたかった。

でも、駄目だった。とにかく無気力の沼に首まで沈んでしまって、ただもう泣くばかりだった。半年もして涙は涸《か》れても、気力が戻ってこなかった。例えば、ちょっと走れば間に合う電車があっても、全然走る気になれなかった。急ぐ理由をなくしてしまったのだ。

今思うと、本当にやばかったと思う。やけになって飲み歩いたし、酔っぱらったまま原付に乗って転んだこともあったし、友達や親にもひどいことを言った。自分から死のうとまでは思わなかったけれど、何かあったらやばかったと思う。誰かに背中を押されたら、どうでもよくなって死んでいたかもしれない。

その上そういう「やばい相手」は、こちらが忘れようと努力しているところへ、ちょろちょろと現れては人をお茶に誘ったりするのだ。本当の意味でその人を自分の人生から消し去るのに、結局三年はかかってしまった。

失恋に限らず、人はそういう精神状態になる時があると思う。ほんのちょっとしたきっかけで、人は鬱《うつ》の沼にはまってしまうことがある。それを自分が弱いからだと自分自身を責めるともっと危険だ。恥ずかしいことではないのだから、そういう時こそ誰かに助けを求めなくてはいけない。親はお金をくれる気のいいおじさんとおばさんであるだけではないし、友達はカラオケしたり買い物したりするだけの存在ではない。

「やばい恋愛」をしている人は、気をつけてほしいと思う。いくら苦しくても希望のある恋だったら努力のしようもあるけれど、いやな予感しかしない恋はやはり消耗するだけだ。そこから学びとれるものは多くても、できれば「やばい恋」はしない方がいいと私は思う。不毛さほど、人間を疲れさせるものはないと思うから。

その後私はベストセラーになった『平気でうそをつく人たち』という本を読んで、ものすごく納得した。人を鬱の沼に突き落とす〝邪悪な人〟というのは実在していて、そういう人には本当に気をつけなければいけないのだ。悪い人間には本当に気をつけましょう。

もてない男というもの

大学生の時、私は落語研究会に所属していた。落語が好きだったわけでも何でもない。勧誘されたので、何となく入ってしまったのだ。では、やってみたら落語が好きになったかと言うと、特に好きにはならなかった。面白くないわけではないが、どうもいまひとつピンとこなかった。

さっさと落研《おちけん》などやめて、他のクラブに入ればよかったのだが、とうとうずるずると四年間続けてしまった。その理由はやはり部員達の引力にあったと思う。

落研に入るような人間は（私もなのだが）どこか変わっている。当時、大学生と言えばテニスにスキーが代名詞のようなものだった。そういうものを見て「けっ」と思うような人が落研には集まっていた。男ばかり。それも、いかにも女の子にもてないタイプばかり。

最初、同期にもうひとり女の子がいたのだが、その子は高座名（落語をする上での名前）を〝春野うずき〟とつけられてやめてしまった。ちなみに私は眼鏡をかけていたので、その当時大流行だった「Dr.スランプアラレちゃん」から、〝あられ〟の名前をつけてもらった。

学年にひとりずつ女性がいたが、あとは全部男性だった。だから大切にされたかと言うと、それはどうか分からない。あれでも大切にしていたつもりなのかもしれないけれど、ひどい事を言われたりされたりして悔し泣きをしたこともあったし、責任を押しつけられたこともあった。けれど、やはりとても楽しかった。

何が面白かったかと言うと〝もてない男〟をああも大勢間近に見ることができたのが、とても面白かった。

大学の近くの安アパートに住んでいる。もちろん車なんて持っていない。ジャージ（スウェットではない。あくまでジャージ）にサンダル履きで授業にも出てしまう。夕方になると、誰かの部屋に何となく集まってうだうだ過ごし、その辺の食堂でご飯を食べた後、飲みに行ったりマージャンしたりで夜を過ごす。不精髭《ひげ》は伸びてるし、着ているシャツは汗くさいし、私が部室に「おはようございます」と入って行くと、「よ、あられ。きのうはおまんこしたか?」などと挨拶《あいさつ》が返ってくる。

もてるはずがない。

でも、私は彼らがとても好きだった。彼らは本当に純情なのだ。かたまって大騒ぎをしている時は、偉そうな口を叩《たた》いているのに、いざ好きな女の子の前に出るとガッチガチに緊張して、緊張のあまり下ネタを口走って結局ふられてしまうのだ。つらいことは笑い事にすり替えて乗り越える。本当に好きな子のことは、滅多なことでは口にしない。「ちょっと」と言って出掛けて行って、近くの公衆電話から女の子に電話をするジャージ姿の背中は、抱きしめてあげたいほど可愛かった。

十代から二十代にかけてのそういう時代に、私は彼らを見ておいて本当によかったと思う。これが、好きでもないのに一発やりたい一心で女の子を誘ったり、服や車にばかりお金をつぎ込んだり、一流企業に入る手段のために大学に来ているような男しか見ていなかったら、男性に対する考え方はまったく違っていたと思う。

男の人というのは、本当に可愛いものだと私は思う。可愛くない人もそりゃいるけれど、大抵の男の人は皆愛すべき部分を持っている。男の人というのは、案外真面目なのだ。いや、そう扱ってあげるべきなのだと私は思う。遊び人扱いをすれば、そうなってしまう。〝もてない男〟ばかりがそばにいた四年間、私は彼らが女の子にふられる場面を沢山見た。連絡もせず待ち合わせをすっぽかす女。電話一本でもう会うのはやめましょうと言う女。二股《ふたまた》をかけておいて、それがばれると「あなたがちゃんと私のことをつかまえておいてくれないから」と泣きだす女。

意外と男の人を、きちんとひとりの人間として扱っていない女の人が多いのだなと私は思った。どんなダサい男の人だって、あなたの一言で深く傷ついたりするのだ。傷ついてどうしようもなくて、お酒飲んでくだまいて原因を作った女のところに電話をして、余計嫌われたりするのだ。

彼らの中のひとりで、もてない男ダントツ一位を誇るのではないかと言われたI君は、酔っぱらうとよく涙ながらに語っていた。

「年をとってロマンスグレーになったら（彼は若白髪だった）、言い寄ってくる若い女を（ロマンスグレーになったら若い女が言い寄ってくると思っていた）やりまくって復讐《ふくしゅう》してやる」

彼は今では某大手テレビ局のディレクターである。そういう職業であるから、多少はもてるようになったようだ。彼は数年前、とても幸せな結婚をした。I君は復讐を覚えているだろうか。忘れてしまっていてほしい気もするし、覚えていてほしい気もする。

元落研の〝もてない男達〟も社会人になり、それぞれ幸せな家庭を持ったり、若い時の怠けようからは想像もできないほど仕事に没頭したり、あいかわらず毎日大酒を飲んで貯金がゼロだったり、大きな借金を抱えてサラ金から逃げ回っていたりしています。けれど、ごくたまに彼らと会ってお酒を飲む時、私は心からリラックスします。どんな宴会に出ても、自分はお客さんで部外者なのだという意識がどこかにある私なのですが、彼らといる時にだけここには私の居場所があると感じています。

悪霊ケッコンガンボー

この原稿を書いている時点(一九九三年・夏)で、私は結婚まる五年、事情があって夫とは別居中、子供なし、つくる予定も今のところなし、という状態である。そうやって改めて書いてみると、よくこの私が結婚できたなあ、その上よく五年ももったなあと感慨もひとしおであります。

私は結婚願望がすごーく強かった。何しろ、高校時代につき合っていたボーイフレンドに結婚してほしいと言って嫌われたことがあるぐらいだから、我ながら呆《あき》れてしまう。だから、二十代になってからは、もう本当に結婚したくて結婚したくて、脳の血管が切れそうだった。

念願かなって結婚したのは、二十五歳の時である。最近の傾向としたら早い方なのかもしれない。

だけど、結婚願望のかたまりだった私は、その年になるまでに既に何人かの人に結婚を断られていた。お見合いをしようという発想はなかったから、おつき合いをしていた人からふられてしまうという最悪の状態で、二十五にしてすっかり恋愛することに疲れてしまっていた。本気でもう私は結婚できないかもしれないと感じた瞬間、個人年金にも入ってしまったし。

それに、小説を書きはじめたのも、ひとりで生きていく覚悟をしたからこそだった。

その時いた会社は、自分さえ根性を据えれば定年までいられる会社だった。けれど、それだけではあまりにも寂しかったので、何か長い人生の支えになるような仕事、独身でいても人様が納得してくれる仕事をしたいと思ったからだった。改めて思い出すとなんか情けないんだけど、でもその頃は真剣に思い詰めていた。

そういう覚悟をしてしまったものだから、当時おつき合いをしていた人（今の夫だな）にも、この先結婚する意思がないのならもう別れたいとまで言ってしまった。

これは恋愛沙汰《ざた》に限ったことではなくて、私には物事をあれこれ考えすぎるところがあって、あまりにも考えすぎて、しまいには「キーッ」となり、すぐにでも白黒はっきりさせたくなってしまうのだ。ゆっくりと時期を待ったり、じっと我慢するということが苦手なのである。

脅迫以外の何物でもない私のプロポーズに、彼は仕方ないという感じで頷《うなず》いてくれた。なんというラッキー。

でも、いったいどうしてそんなに結婚したかったのだろうと、今改めて考える。

専業主婦になりたかったわけでは決してない。結婚しても仕事をやめるつもりはまったくなかったし、その時は子供がほしいわけでもなかった。ましてや結婚式やウェディングドレスに憧《あこが》れていたわけでもなかった。その証拠に、式だけはしたけれど披露宴なんてお金がもったいないという理由だけでやらなかったし、新婚旅行にも行かなかった。好きな男の人といっしょに暮らせるだけでいい。本当に本気でそうだった。

結婚をしたとたん、私は憑《つ》きものが落ちたように楽になった。ああ、これで心置きなく仕事や趣味に没頭できると思った。いったい私に憑いていた、悪霊ケッコンガンボーは何者だったんだろうと首をかしげるばかりだった。

今でも私にはよく分からない。

たぶん、親から独立したかったというのも一因だと思う。未婚のままひとり暮らしでは、きっと親は私のことを忘れてはくれないだろうと分かっていた。それはやはり正解で、結婚したとたん、確かに彼らは自然と離れて行った。円満退職という言葉がぴったりくる、気持ちのいい離れ方だった。

本当の意味で心の平和がほしかったのだろうかとも思う。けれど、その当ては外れたようだ。

恋愛と結婚は別だと言う人がいる。結婚をすると恋愛は終わると言う人もいる。まったく逆なことを言う人もいるし、それは何もかも本人の心掛け次第だと言う人もいる。

私には、本当に今でも分からない。

知っている何組かの夫婦を見ると、その夫婦によってあまりにも「結婚後」の様子が違うのだ。当たり前と言ったら当たり前なのだけど。

子供がいても結婚前と変わらずいちゃいちゃしているカップルもいれば、典型的に冷めてしまってお互い浮気をしているカップルもいる。奥さんの方はまだべたべたしたいのに、旦那《だんな》さんの方がもう女房を女として見ていないカップルもある。それに、私の目にそう見えているだけで、本当のところは本人達にしか分からないのだろうし。

私は結婚さえすれば、恋愛地獄から解放されるのだと思っていた。悪霊ケッコンガンボーは確かに去ったけれど、ふと足元を見ると、ずぶずぶと砂に埋まっていく自分が見えた。惚《ほ》れたのはれたの、嫉妬《しっと》だの浮気だの、そういう事から逃げることはやはりできないのだ。

いったい心の平和はいつ訪れるのだろうと、蟻地獄に膝《ひざ》まで漬かって私は思う。けれど、本当にそこから出て行きたいのかどうか私には分からない。蟻地獄から足を引き抜き、荒野を歩いて行く勇気がないだけなのかもしれない。

待つ

待つ、のはつらい。

「あみん」はすごい。どうしてそんな自信満々で待っていられるのだろう。人が来るのを待つ限界は、約束の時間より一時間までだ。自分が日にちや場所を間違えているのかもしれないし、相手に何か突発的な事故が起こったのかもしれないという解釈はもちろんする。だから、怒ったりはしない。怒っているのではなくて、それ以上つらくて待てないのだ。

電話を待つ、というのも、とてもつらい。

待っているつもりはなくても、こうやってぱたぱたワープロを打っている私の左斜め後ろに電話が置いてあって、ふと原稿を打つ手をとめて、私は電話機を振り返る。

留守番機能だってファックスだってついているのに、滅多なことでは鳴らない。それなのに、私がちょっとコンビニに行った隙とか、お風呂《ふろ》に入っている間に電話は鳴る。留守電にはツーツーという発信音だけが録音されている。

お知り合いのみなさん、どうか私の電話が留守電になっていたら、せめてお名前だけはおっしゃって下さい。留守電になっていなくて私が出ない時は、ご飯かお風呂かトイレなので、後ほどお掛けなおし下さい。お願いします。

それから私は、毎日郵便屋さんを待っている。

夕方の三時過ぎになると、ミスターポストマンが赤いスーパーカブに乗ってやって来て、ポストに手紙を入れて行く。ダイレクトメールでも、何もないよりは嬉《うれ》しい。日曜日は郵便屋さんが来ないので、寂しい反面心が安まる。つらいの、待ってるのって。

そういう地味な毎日が続くと、ふと会社に勤めようかなと思う。毎日会社へ行けば、見えない何かを待たなくていい。疲れて帰宅すれば、留守電が入っていたり手紙がきていたりする。その方が精神衛生上いいのではないかと、ふと思ってしまう。

うじうじした性格なので、待つのがつらいんです。

曖昧《あいまい》なままでいると、物事を悪い方へ悪い方へ考えてしまうんです。でも実は、最低最悪の事態まで考え抜くので、現実に最悪の事態が起こってもそれほど驚かないで済むのだけど。

大学生の時に、つき合っていた男の人に私はふられた。

近いうちにふられるだろうとは思っていた。日に日に硬くなっていく恋人の態度を見て思った。毎日だった電話が一日おきになり三日おきになり、週に一度になった時に思った。待ち合わせをしても、お茶を飲んだだけで「親戚《しんせき》の用事があって」なんてすごい言い訳で帰って行く背中を見て思った。

どのくらい待ったか分からない。大した時間ではなかった。二ヵ月か三ヵ月だったと思う。早く決着をつけてほしかった。気が狂いそうだった。

そしてやっと、私はお別れの言葉を頂いた。その時は動揺したし、そのあとも長い間落ち込んではいたけれど、それでも決着がついてよかったと思った。別れたくはなかった。でも、曖昧なまま自然消滅にされるよりはよかった。持ってはいけない希望の火を、吹き消してくれて本当によかった。吹き消してくれないことには、新しい火を点《つ》けることもできないのだから。

だから、はっきりしてる人が好き。

男でも女でも。

お茶漬けでもどうですかと言いながら、実際には「帰れ」と思っている人が世の中にはいるらしくて、本当にこわい。

どうか、お知り合いのみなさん、本当のことを言ってね。私、待つのは大嫌いだから。


待つのはあいかわらず苦手です。でも最近は「時間を稼ぐ」あるいは「様子をみる」という処世術を自分でも使うようになっていることに気がついて、ちょっと驚いてます。

禁断の世間話

人と世間話をするのが好きだ。

知り合ったばかりの人の生い立ちなんかを聞くのがすごく好きだし、十年以上つきあっている友達とも会ったり電話したりすると際限なく喋《しゃべ》る。

世間話の話題と言えば、日常の些細《ささい》なことや、頭にきたこと、嬉しかったこと、映画のこと、野球や相撲のこと、仕事のこと、数えきれないほどあるけれど、まあ大抵の場合は当たり障りのない話題で楽しく盛り上げる。

けれど、とても親しい人と、それもお酒が入って夜中も二時を回って、テンションが普通でなくなってしまうと、昼間の喫茶店では絶対口にしない話題が出たりする。

いきなりすごいこと言って申し訳ないのだけれど、友人の女の子のひとりが、ある夜ぽつりとこう言った。

「ねえ、みんな本当にフェラチオってするのかな」

私は絶句した。一分ぐらい口がきけなかった。この時ほど答えに困ったことはない。困ったあげく、質問で切り返すことにした。

「ど、どして？」

「この前、みんなでビデオ見たじゃない。あんなこと、お仕事だからやるんで、一般の人はやらないんだと思ってたのにさ、よっちゃん（彼氏の名前）がしてほしいって言うんだもん」

そのビデオというのは、無修整の裏ビデオである。知人が貸してくれたので、友達数人を呼んで有り難く拝見させていただいたのだ。

その後、私が彼女に何を言ったのか覚えていない。別にしてもいいし、したくないならしなくてもいいんじゃない、みたいなことをしどろもどろに言ったと思う。

正面切ってそんなことを言われると確かに焦る。けれど、彼女は誰にも聞けなかったのだ。私にしか聞けなかったのだ。可哀相に。

女の人というのは意外とこういう話題にはアンタッチャブルなのである。酔っぱらって、ちょっとやらしい話をする時はあるけれど、真剣に「私のセックスはどこか問題がありそうだ」などと相談したりはなかなかできない。セックスの話に限らず、生理の話とかむだ毛の処理の話とかをすると、その時は正直に話しても、後でやっぱり言わなきゃよかったなと恥ずかしくなったりしてしまう。

みんないろいろ悩んでいることと思う。けれど、話さないから情報が伝わらない。雑誌なんかで、たまにセックス特集みたいなのをやってるけれど、表面的なことがほとんどで悩みや疑問に本当に答えるものは少ない。

もっとオープンに、と言っているわけではない。基本的に、自分自身で何とかしなければならない問題なのだろうから。

ただ、男同士でセックスの話をすると「ざけんなよ」と思うほど下品になるし、女同士だと「もうちょっと気楽でいいんじゃない」と思うほど生真面目になってしまう気がするのだ。

すごく昔の話になるけれど、あの山口百恵《ももえ》さん（あのお方は、呼び捨てにでき

ない）が引退間際、谷村新司《たにむらしんじ》の司会する番組に出ていた時、谷村新司が百恵さんに、

「腋毛《わきげ》の処理は、週に何回ですか？」

と聞いたのを覚えている。まだ若くて潔癖だった私は、こ、この男なんてことを聞きやがる、と愕然《がくぜん》としていたら、百恵さんはにっこり笑って答えたのだ。

「週に二回ぐらいで大丈夫」

「それは、毛抜きで？」

「ええ、毛抜きで」

今でも覚えているぐらいだから、相当衝撃だったんだと思う。堂々と胸を張って、それなのに可愛らしく、厭《いや》な感じも与えず、会場から大爆笑を取って、百恵さんは言った。今ではテレビに出るような女の人は、そのぐらいの質問は平気で受け流すだろうけど、その当時はまだ、アイドルとか女性歌手というものは、「私はトイレなんか行かないのよ」という顔をしていなければ世間が許さない時代だったのだ。

私は本当にくらっときた。彼女が今でもマスコミから忘れられない理由が分か

る。後にも先にも、女の人にあんなにしびれたのはその一回きりである。

エイズ検査

去年、私はエイズ検査を受けた。

身に覚えがあったわけでも、受けてみたかったわけでもない。その時書いていた本の中に、主人公がエイズ検査を受ける場面というのがあったので、仕方なく受けに行ったのだ。そりゃ私だって職業柄興味はあったけれど、喜び勇んで行ったわけではない。できれば行きたくなかった。けれど、誰もエイズ検査を受けた経験のある知人を持っていなかった。適当なことを書いて、後であれこれ言われるのも厭だったので、自分が行くしかないのねと観念して行ってきた。

まず、どこでやっているかが分からない。看護婦さんの知り合いがいたので、その人の勤めている病院でできないかと聞いたところ、うちではやってないし病院だと高くつくから保健所で受けた方がいいよ、とアドバイスを受ける。そーか、保健所か。

というわけで、地元の保健所に電話をする。軽い気持ちで「エイズ検査を受けたいんですけど」と言うと、あちらが緊張するのが手に取るように分かった。実施している曜日と時間を教えてくれて、予約制だというので予約した。電話の相手は声から察するところ、だいぶ年配の男の人である。

「なんというお名前で予約されますか？　仮名でも結構です」

おじさんが言う。私は仮名を考えるのも面倒だったので、本名を言った。これで終わりかと思ったら、おじさんがおずおずと聞くではないか。

「何かご心配がおありでしょうから、差し支えなければご事情をお話し下さい」

と。

うーん。私は考えてしまった。これは親切なのだろうか。それとも余計なお世話なのだろうか。いや、もし私が本当に身に覚えがあって藁《わら》をも摑《つか》む気持ちで電話をしていたのなら、この時点で泣き崩れ、見知らぬ優しいおじさんに何もかも打ち明けてしまっていたかもしれない。考え込んでも仕方ないので、その時私は、

「心配なことは特にありませんが、興味があって検査を受けてみたかったんです」

と言った。おじさんは少し驚いた様子で、

「はあ、そうですか。興味ですか」

とちょっと不満そうだった。


さて、いよいよ当日である。

私が検査を受けた時、その保健所では月曜日の午前中だけしか行っておらず、当時会社勤めをしていた私は、遅刻をして行かなければならなかった。月曜の午前中が暇な会社なんてそうそうないだろう。結構ひんしゅくものだった。

保健所の受付でエイズ検査を受けに来た旨を言うと、待合室で待たされた。その待合室は赤ん坊の注射に来たお母さん達で意外と混んでいた。その中に、ちらほらと子供を連れていない大人の顔が見える。その人達がどうやら私と同じようにエイズ検査を受けに来た人達らしい。二十代前半に見える若くて地味な女の子。まだ十代かもしれない作業着を着た青年。サラリーマン風の男。革のコートを着た自由業風のカップル。そして私である。そう思って見るせいかもしれないが、みんな深刻そうにうつむいている。

若くて地味な女の子が一番最初に呼ばれ、ドアの中に消えた。三十分たっても出て来ない。私はお昼前には会社に着きたかったので多少苛々《いらいら》する。彼女が出て来たのは、四十分ぐらいたってからだった。その子はドアから出て来ると、隣の部屋のドアへ入って行く。表情にも態度にも特に変化はないようだ（後で分かったのだが、その隣の部屋は採血する部屋だった）。そして私が呼ばれた。

ドアの中は結構広い部屋で、窓際に置いた机の所に白衣を着た女の人がいた。にっこり笑う。愛想がいい。これから何が起こるのだろうとドキドキしていると、女医さんは小冊子を渡してくれて、エイズに関する簡単な知識を話してくれた。結構勉強してきた私でも、知らなかったことがいくつかあった。真剣に耳を傾ける。

説明が終わると、女医さんは「よかったら事情を教えて下さい」と言った。ここでは余計なお世話だなんてもちろん思わなかった。カウンセリングである。もし私が本当にエイズに感染しているのではないかという危機感を抱えて、ここまで決死の思いでやって来たのなら、そう言ってくれないことには話が始まらない。嘘をついても仕方がないので、私は正直に検査を受けに来た事情を話した。すると女医さんは真面目な顔で言った。

「エイズが日本に上陸して十年です。あなたは、その十年を振り返って、まったく心配がないと言い切れますか」

頭の上でゴワワーンとドラが鳴り響いた。十年？　十年と言われると、確かに自信がない。女医さんは続ける。

「検査をすれば、陽性と出る可能性はあるんです。それでもあなたは検査を受けますか。その結果を聞きに来ることができますか。聞きに来られないのなら、今日は検査をしません」

恐くて結果を聞きに来られない人には、最初から検査をしないそうなんである。え？　なんで？と一瞬思った。そういう人ほど説得して受けさせた方がいいんじゃないの？

でも、後でよく考えてみると、検査を受けるのは仮名でいいし、住所も電話番号も書くわけではない。陽性と出た人がその結果を聞きに来なかったら、連絡したくてもできなくて、心配で心配でフラストレーションが溜《た》まるのは検査した側である。

私は少し考えて「聞きにきます」と言った。女医さんは、必ずご本人が来て下さいね、電話では絶対結果をお知らせしませんから、と念を押した。検査は本当に血を採るだけ。採血の前に、私が受けたようなカウンセリングをする所はまだ少ないそうである。その一回の採血で、B型肝炎と梅毒の検査もできるというのでお願いしてきた。B型肝炎と梅毒。確かに身に覚えはない。けれど、絶対大丈夫だという自信もない。とっても暗い気持ちになって私は三千三百円を払った。

結果が分かるのは二週間後ぐらいだったと思う。これまた平日の午前中だ。私はまた午後から出勤することを上司に告げる。厭《いや》な顔をされた。

検査を受けた時は、そうか十年か、十年の間には確かにコンドームもしないでセックスした思い出があるなとしみじみしていただけだったのだが、結果が分かる日が近づいて来ると、じわじわと本気で恐くなってきたのだ。

もしも、陽性だったら。

最初、囁《ささや》くようだったその声は、前日には脳の中で大音響で鳴り響いた。しつこく言うようだけれど、私は物事をうじうじ考えてしまうタイプなので、そりゃあもう大変だった。

もし陽性だったら、とにかく夫には打ち明けなければならない。私がエイズに感染していると聞いたら夫はどうするだろう。親は？　友達は？　たぶん、しばらくの間私は泣いて暮らすのだろう。自殺も考えるに違いない。そうやって様々な葛藤《かっとう》や苦しみや悲しみを乗り越えていくエネルギーを思ったら、心底面倒でうんざりしてしまった。

それよりも何よりも、陽性だと結果が出たら、そう長くは生きられないのだ。女医さんは、驚くほど薬が進歩してきているので、人々が思っているよりずっと長生きできるし、そう悲惨ではないのだと話してくれた。それでも、大きなリスクを背負うことには変わりないだろう。

人はいつ死ぬか分からない。明日にでも交通事故で死ぬかもしれないし、ガンになるかもしれない。でも、それは宣告されているわけではない。明日死ぬかもしれないし、百まで生きるかもしれない。百歳まで生きていたい、ずっとずっと誰よりも長生きしたいなんて思っている人は少ないだろう。私だってそうだ。けれど、いきなり数年後には死にますよ、と言われてしまったら、いったいどうしたらいいのだろう。

自分で自分がすごく恐くなったのは、その限られた時間の中で私は何をしたいのだろうと考えた時だった。それこそ脳を雑巾《ぞうきん》絞るみたいにして考えたのに、やりたいことは何もなかった。仕事である小説書きもそれほどしたくない。では、でっかく借金でもして豪遊したいかというと、そんな事をしたら余計虚《むな》しくなりそうである。海外旅行にも特に行きたくない。

数年の命ならば、私はこのままでいたかった。この生活のまま特に何もしないでいたかった。朝、夫を送り出し、昼間はちょっと原稿書いたり家事をしたり友達に会ったりして、夜はテレビでも見て寝たかった。そう考えると、誰にも検査の結果など言わない方がいい。その時が来たら、死んでいけばいい。そう思った。だったら、検査の結果など聞かなくていいことになる。知らない方がいいことになる。

あー、それにしても、本当に私ってうじうじした人間だ。エイズ検査ひとつで、ここまで思い詰めるなんて。

で、結局どうしたかと言うと、やっぱり結果を聞きに行ってしまいました。結果は陰性です。まったく全身の力が抜けました。

普段人は、自分が死ぬことなどあまり考えない。もちろん、そんなに考えなくてもいいのだと思う。でも、私にとってエイズ検査は、強烈な踏み絵だった。自分が小説を書くという仕事に、それほど執着を持っていなかったことも驚きだったし、実はほしいものなど大してありはしないのだということもよく分かった。

そういうわけで人生を考え直したい人には、保健所行ってエイズ検査を受けることを私はお勧めします。厭でも真面目に考えることになるので。

ディズニーランドへは誰と行くか

せっかくエッセイを書く機会を頂いたのだから、ひとつぐらい人様に思い切り嫌われそうなことを（いや、もう充分に嫌われてるかな）書いてみようと思った。

私は東京ディズニーランドに、過去五回行ったことがある。その五回とも、男の人とデートで行った。

そしてもっと言わせてもらうと、これからも余程の事情がない限り、男の人とふたりでなければディズニーランドなど行かないだろう。

きっと思わずこの本を、頭にきて壁に向かって投げつけてしまった人がいるだろう。

さ、拾いましたか。そう怒らずに続きを読んで下さい。

としまえんならば、誰とでも行く。女の子の友達でもいいし、両親でも兄夫婦とでも、編集者とでもいい。でもディズニーランドへはデートで行く。あんなところ、恋愛感情のない人と行っても仕方がない。

そんなことを思うのは、私だけだろうか。実は心の奥底ではそう思っている、という人がいたらお手紙下さい。

私はどうも、あの東京ディズニーランドというところの空気にうまく溶け込めないのだ。決して嫌いなわけではない。アトラクション自体はすごく面白いと思う。それに、ロサンゼルスのディズニーランドに行った時は、何故かあまり違和感を感じなかった。男の人ではなく、母親とふたりで行ったのに単純に楽しめた。あまりにもアメリカ的な、完成されたショー・スペースであるからなんじゃないかと私は思う。アメリカ的なものがアメリカにある分にはまったく構わないし、アメリカのディズニーランドにいる私は、ただの日本の観光客、という立場であったから特に文句も湧いてこなかった。アメリカの人は、こういうのが本当に好きなんだなあと素直に感心しただけだった。

それが日本にあるディズニーランドだと、何故か私はあのノリについていけないものを感じる。完全無欠のミッキーマウス的な世界に私はすんなり入っていくことができない。きっと、アトラクションにしても従業員の接客態度にしても、信じられないぐらいの膨大なマニュアルがあるに違いない。それを思うと、なんかちょっとうんざりしてしまう。

地面は異様と言っていいぐらい綺麗《きれい》で、バイトの子はわざとらしいぐらい愛想が良くて、芝生でおにぎり食べちゃいけなくて、頼むとグーフィーがカメラのシャッターを押してくれる優しさがあるのに、迷子の放送はしてくれない。ディズニーランド的でないものを、徹底的に排除する。そうすることによって、細部まで凝りに凝りまくったディズニー世界が出来上がる。そこに一歩踏み込めば、もうそこは別世界で浮世ではないのだ。

そういう世界に入り込むためには、恋する相手が必要だと私は思う（いや、子供がいれば入り込めるかもしれない）。気恥ずかしさをかなぐり捨てて、夢の世界に入って行き、その世界を満喫するには、隣には王子様（でも、私がデートした男の人はどこから見ても王子様ではなかったが）がいてくれた方がいい。現実の世界から逃亡する相手がいないと入れない。

あー、こんなことを書いてしまったら、きっともう誰も私をディズニーランドに誘ってはくれないでしょうね。もう一生、浦安《うらやす》に行くこともないのね。

仕方ないので、私はとしまえんに行きます。

としまえんには、客には仏頂面のくせに、バイト仲間とは世にも楽しそうな顔をして喋《しゃべ》くっているバカ女が働いている。足元にはたこやきの潰《つぶ》れたものやら、アイスの溶けたのやらが落ちている。そういう方が、私は何だかほっとする。

遊園地が好きだ。黄昏《たそが》れの空に観覧車がゆっくり回っているのを見ると、何だか涙が出てしまう。ディズニーランドには観覧車さえない。

私は年をとったら、としまえんで（ドリームランドとか向ケ丘遊園でも可）焼きそばを売るおばさんになりたい。くわえ煙草で焼きそばを焼いて、働かないバイトのバカ女を叱り、夏の夕暮れには缶ビールを飲む。決して私は、ディズニーランドで働きたいとは思わない。


今はすっかりディズニーランド好きになりました。すみません。しっくりこなかったのは自意識が邪魔してたんでしょうね。

ココロの栓を抜く

私はゲームをする。すごくする。ゲームをしない人にはぴんとこない話だろうけど、あれはすごいものだ。時間の無駄だと知りつつ、やめるにやめられなくなる。

以前、ある編集者さん（その人はゲームをしない）とゲームの話になって、どこがそんなに面白いんですかと尋ねられ、私はうまく説明することができなかった。それで、自分は何故こんなにも熱中してしまうのだろうかと考え込んでしまった。

ソフトの出来がよければ、その世界に引き込まれる。ロールプレイングでもアクションでもどちらでも熱中できる。自分が自分でなくなる。そうやって何もかも忘れてのめりこみたくてやっているのだろう。

これはもう現実逃避に違いない。そこまで真剣に考えるつもりはないけれど、やはりこれは一種の逃避だ。そうではなくて、立ち向かうぐらいの心意気でやっている人もいるし、ただ単純に面白いからやっている人も多いだろう。でも私の場合、もっと救いを求めるようなそんな気持ちがある。

仕事がこんな仕事なので、一日中家にいることが多い。外へ働きに出るのと違って、家でひとりで仕事をしていると、あまり〝事件〟が起こったりしない。

会社に勤めている時は、上司に怒られて悔しい思いをしても、その五分後には同僚と馬鹿話をして笑うことができた。悔しい気持ちも悲しい気持ちも笑い飛ばしてしまえる。そしてまた五分後には違う人と話をして、また違う感情が生まれる。ひとつひとつの出来事をいちいち深く考えたりはしない。ちょっとした出来事など、忙しく立ち働いたり、帰りに飲みに行ったりすると忘れてしまう。

ところが、家にひとりでいるとこうはいかない。何事もない一日ならばいい。一本も電話がかかってこなくて、郵便物がダイレクトメールだけで、家には誰もいない。こういう一日は感情が凪《な》いでいる。嬉《うれ》しくも悲しくもない一日だ。けれど、こういう毎日の中で何か厭《いや》なことがあると、とても困る。

仕事上で死ぬほど頭にくることがあったり、人と喧嘩《けんか》をしたりすると、それがいつまでもいつまでも厭な感情として胸に残っているのだ。反対に嬉しいことは、いつまでもずっと嬉しいので得した気分だけど。何というか、ひとつひとつの感情の純度がすごく高いのだ。

それでなくても、どうでもいいことをくよくよ考えてしまう性格だから、すごくこういうのは困る。考えたってしょうがないのだから、気分転換しようと思うのだけど、これがなかなかうまくいかない。夜遅かったりすると、出掛けたり誰かに電話をするわけにもいかないし、人には話せないことだったりもする。

感情の波というのは、ある程度時間がたってしまえば収まるものだ。眠ってしまうのが一番簡単で手っとり早いとは思うのだけど、これがまた、私は厭なことがあると全然眠れないのだ。お酒という手もあるけれど、不幸にも私はお酒が強い。眠れるまで飲むとなったら大変な量になってしまう。厭なことがある度にいちいち大酒を飲んでいるわけにもいかない。

そういう時にゲームはいい。誰にも迷惑をかけず、何もかも忘れられる。スポーツに打ち込んでいる時はそういう時もあるけれど、心と体が元気な時でないとやる気がしないし、第一夜中じゃ無理がある。

何もかも忘れられる瞬間というのは、とても貴重な気がする。数年前まではそんなことは思いもしなかったけれど、最近特にそう思う。

何かを突き詰めて考えることは必要なことだと思う。ゲームしている時間があるなら、もっと原稿書いたり本を読んだりした方がいいんだろうとは思う。新聞を読めば、あまりにも理不尽なことばかり書いてあって、ゲームしている場合ではないのかもしれないとも思う。

けれど、考えたくない時があるのだ。漠然とした不安や、じくじくと胸の奥でうずく怒りや、明日の朝のことなんか考えたくない時があるのだ。

自分を取り巻く現実を忘れられる瞬間は、本当に幸せだなあと思う。何も現実がつらいことばかりなわけでは決してない。どう考えても、私はかなり幸福な方だと思う。それでも、ぽっかり記憶が抜けてしまう瞬間を私は求めている。

ゲームに限らない。外国で見渡すかぎりの地平線に囲まれた時や、真夏の野球場でビールを飲む時や、大雪の中をひとりで歩く時の、あの現実感をなくす一瞬に私は立ち止まって息を吐く。あまりの幸福に、何もかもがどうでもよくなってしまう。
そうやって、時々ココロの栓を抜いておかないと、膨らんだ風船が破裂してしまいそうな感じがするのだ。考え過ぎではあるんだけど。

実は、これを書いたすぐ後に私はゲームをすっぱりやめてしまったのです。理由はまず単純に〝飽きた〟ことと、ゲームする時間があるなら仕事をしてお金を稼ごうという気になったからです。現実に立ち向かう勇気が少し湧いてきたのでしょう。老後は心おきなくゲームがしたいです。

猫の古墳

実家の庭に、猫の古墳がある。庭と言っても大して広くないし、だいたい手入れもろくにしていないから、雑草がぼうぼう生えている。その荒れた庭の芙蓉《ふよう》の木の下に、こんもりと土が盛り上がっている。飼っていた二匹の猫の片方が死んでそこに埋めたのだ。

実家で飼っている猫は二匹とも十二歳ぐらいだ。人間にすればもうかなり年寄りである。片方がメスで片方がオスだけれど、別に夫婦なわけでも何でもない。メスの方が若干早く我が家に住みはじめたので、からだが小さいくせにいばり散らしていた。オスの方はでかい猫のくせに、メスの攻撃からおどおどと逃げ回っていた。

どちらの猫も可愛がってはいたけれど、私も家族達もどちらかというとメスの方を余計に可愛がっていた。これはもう仕方がない。メスの方がどう見ても可愛いのだ。それこそ猫可愛がり状態である。それに引き替えオスの方は、「あら、いたの」ぐらいの扱いだった。

もちろん餌も平等に与えたし、病気や怪我をすれば病院にすっ飛んで行った。そこにいれば頭を撫《な》でたし、目ヤニが付いていればティッシュで拭《ふ》いた。それでも、我が家のアイドルはメス猫の方だった。オスは三毛猫の雄という非常に珍しい（遺伝子上では奇形だそうだ）猫であるにもかかわらず、あまり大切にはされなかった。でも考えてみれば、必要以上に人間にベタベタ触られることもなくて、幸せだったかもしれない。

そのオス猫が、ある日ガン宣告をされた。両親が旅行に出掛ける時、いつものように行きつけの獣医さんに二匹の猫を預けたのだ。その獣医さんはとても親切で、たまに猫を預けるとついでに健康診断をしておいてくれるのだ。その時、オス猫のおなかの中に大きなしこりを見つけた。手術をしても仕方ない状態だった。

家族はある程度ショックを受けたけれど、それはそれで仕方がないという感じだった。これがメスの方だったらもっと騒いだだろう。ちょっと元気はないものの、幸いオス猫は痛がる様子もなく、食欲も落ちていなかった。外出は減ったけれど、ストーブの前で幸せそうにおなかを見せて眠っている。三ヵ月もつかどうか分からないと言われたので、家族は簡単に覚悟をした。

その猫が三ヵ月どころか半年以上生きた。と言っても壮絶な闘病生活があったわけではない。徐々に痩《や》せて行動範囲も狭くはなったけれど、痛みはないようだったし、最後まで食欲があった。一度何も食べなくなって、立ち上がることもできなくなった時はもう終わりかと思ったが、獣医さんで点滴を打ってもらったら冗談みたいに元気になってしまった。

それでも最後の一週間ぐらいはよろよろとしか立ち上がれず、下痢をしていたので母親が猫のお尻《しり》を追い回して雑巾掛けをした。一番最後の日は、ちょうど父が出張か何かで不在の夜中だった。いつになく甘えた声を出すので、夜中まで起きて母が猫の頭を撫でてやっていた。その時、漫画のようにコテッと死んでしまったそうだ。

翌日は運悪く日曜日で、ペットの火葬場が休みだった。もう五月で日中は夏のように暑い。一日猫の死体を放っておいたら臭うかなと、タオルに包んだアイスノンを乗っけておいた。日曜日の夜、十時ぐらいに父が帰って来てオス猫の死を知った。ふーんという感じである。

明日の朝、焼き場に電話をすると母が言うと、急に父が「庭に穴を掘って埋めてやろう」と言いだした。母は「えー？」である。

父は夜も遅いというのに、懐中電灯とシャベルを持って庭に出た。適当な場所を見つけて掘りはじめると、すぐに庭木の根っこにぶつかった。母に懐中電灯を持たせて、のこぎりで根っこを切る。結構大きい猫だし、野良猫にほじくり返されたらたまらないので、ある程度深く大きく掘らなくてはならない。夜中にこっそり庭で穴を掘っている熟年夫婦を、ご近所の人はどう思っただろう。

かなり時間をかけて、ふたりで大きな穴を掘った。腰は痛いし、くたくたである。やっとの思いで硬くなった猫をタオルにくるんで穴に下ろし、やれやれと思ったところで父が言った。

「死人だから北枕だ」

気がついてしまったものは仕方ないので、ふたりでまた猫の死体を取り出して、少し穴を掘りなおし、猫の頭を北に向けて寝かせた。土をかけて足で固める。そこには、こんもりと古墳ができた。
私はこの話を月曜日に電話で聞いた。てっきり焼き場で焼いたものと思っていたので、すごく驚いた。驚くと同時に、なんか涙が出てしまった。猫が死んだ悲しさもあったけれど、父と母が猫の墓を作ったことに何だか涙が止まらなかった。こんなことで、総括してはいけないことは分かっている。けれど、こういうクールな、言葉のない行動こそが家族なのかもしれないと思った。

メス猫の方も十七年生きて寿命が尽き、昇天してしまいました。ちょっと年老いた父はもうひとりで穴を掘るのはだるかったらしく「昔から墓掘りは長男の仕事」と言いだし、兄を電話で呼びつけて猫の墓穴を掘らせました。庭には古墳がふたつになりました。

姑息な恋愛

私は人から変わった人ねと言われることが多い。けれど、仕事に対する考え方や日常的なことについては、まだ「ふーん、ちょっと変わってんのね」程度のことで済んでいる。

ところが話が恋だの愛だのになると、相手の反応がすごい。びっくりして黙ってしまう人もいれば「あなたの考えていることは私にはまったく理解できない」とはっきり言われたこともある。そんなに変か私は、とちょっと悩んだ時期もあった。

私は物事を曖昧《あいまい》なままにしておくのが、あまり好きじゃない。できれば何事も白黒はっきりさせたいし、何でも能率的に効率よくできるのが一番気持ちがいいと思っている。

ところが、常々そう心がけているにもかかわらず、私はいつも何か迷っているし、能率的とは程遠い速度で原稿を書いたりしている。いや、だからこそ常に心がけてはいるのだけど。

恋愛に関しては特にそうだ。誰か男の人を好きになると、私は早いうちから意思表示をする。そうは言っても、いきなり「あのー、すいません、好きなんですけど」と切りだせるほど心臓が強いわけではないので、あれこれ姑息《こそく》な手段を使って、相手の心の内を推し量る。

例えば、映画の試写会のチケットなんかをその人にあげたりする。「女の子と行ってきたら」なんてイヤラシー台詞《せりふ》を言う。すると相手は「いやあ」と照れるとか「いっしょに行ってくれる女の子なんていませんよ」とか「ふーん、ありがと」とか色々な反応を見せる。そういう積み重ねをしていくうちに、敵がこちらを恋愛の対象と見ているか、まったく眼中にないかを判断するわけだ。ああ、なんかこうやって書いてると、本当にイヤラシー根性でやんなるなあ。

眼中にないことが分かると、私はわりと簡単にその人にまとわりつくのをやめる。そういう人を好きでい続けられるほどの殊勝なココロは持ち合わせてはいないのだ。

強烈な片思いをしたことがある。その人の前に出るとしどろもどろになって何も言えなくなった。もちろんその人は私のことなど、足元を歩く蟻ぐらいにしか思っていなかった。その時とてもつらかった。緊張してガチガチになって、言いたいことのひとつも言えない自分が情けなかった。これでは恋人どころか友達にもなれないではないか。自然に会話もできない人と、人間関係の糸を編むことなどできるわけがない。

要するに自分に自信がなくて、単なる小心者なだけだけれど。

どんなにその男の人に憧《あこが》れていても、人間関係という綾取《あやと》りができなければやはり哀しい。だから、こちらにまるで興味のかけらも見せてくれない人を、いつまでも好きでい続けることは私にはできない。

だから、私はまず恋人になる前に友達になる。友達になってから恋人に持っていくのが私のやり方だ。友達になった時点で、相手がこちらを友達以上に見てくれない場合、どんなに仲がよくてもそれが「恋」ではない場合、やはり私は身を引いたりする。こういう事を人に話していると、大抵ここで反論の暴風雨が吹き荒れる。そうやって冷静に身を引けないのが「恋」なのではないかと。

ま、実はその通りなんですけどね。でも、私は何とか奥歯を噛《か》みしめてポーズボタンを押す。この時点でとりあえず止めておけば、その人と友達でいられる。

「恋」はとても偶発的なものでございましょ？　同じふたりがまったく違う状況で会っていたら、恋人になっていたか、ならなかったか、それは誰にも分からない。

例えば片方が何か悩みを抱えていて、もう片方がその悩みを解決するような鍵《かぎ》を持っていたら恋が始まるかもしれないし、持っているのに家に忘れて来たりしたらそうはならないだろう。

だから、友達でいる限り、また時間がたてば「恋」に育つ可能性があるわけだ。その可能性に私は賭《か》けたいのだ。

どうだ、能率的だろー。

それで、今までこうやってうまくやって来たかと言うと、答えるまでもない。人間のココロがそんなにうまく、思ったように転がるわけがないのだ。恋愛だけは、どうやっても能率的にはできない。

できちゃったら、それはすごくつまらないのだろうけど。

ぶらぶら

女の人の中には、ひとりでは絶対喫茶店に入らないとか、映画もお芝居も見に行くなら人を誘ってでないと行かないという人がいるようだが、私はどちらかと言うとひとりで行動することが多い。仕事が家でひとりきりでする仕事だからかもしれない。夕方になって、じゃ帰りに映画でも見てご飯食べようか、という仕事仲間がいないというのも原因ではあるだろう。

けれど、昔からわりと何でもひとりでするのが好きだった。高校生の時は、体育がマラソンなんて聞くと、つい学校をさぼってひとりで映画を見に行った。私が通っていた高校は、朝だけでなく毎時間、授業の始めに出席を取っていたので、途中で抜け出すのは至難の業だった。遅刻はいちいち遅刻届けみたいなものを書いて担任に提出しなければならない。そこまで厳しくするくせに欠席はノーマークだったので、私は時々学校をさぼった。あまり頻繁ならば親に連絡が行ったかもしれないけれど、月に一回ぐらいならば、風邪でも引いたんだろうで済ませられる。

友達とふたりでさぼることもあったけれど、大抵私はひとりで街をうろついた。よく漫画なんかで、学校をさぼった高校生が補導員に捕まっている場面なんかがあるけれど、私は制服で喫茶店に入ったり、本屋でぶらぶらしていても、誰にも咎《とが》められたことはなかった。きっと、当たり前の顔で図々《ずうずう》しく歩いていたからだろう。

当時は、学校という窮屈な場所から逃げることだけが目的だったけれど、それで私はひとりでいることの気楽さを覚えた。今でも私はふらりと街に出る。デパートの階段の脇に座って煙草を吸う。すると、ひとりで買い物に来ているおばさんに話しかけられる。天気の話とか、バーゲンの話とかをする。知らない人とちょっと世間話をすると心が和む。世の中も悪い人ばかりではないなと思う。

私は本当に見たい映画はひとりで見に行く。その方がしっかり頭に入るし、遠慮なく泣いたり笑ったりできるからだ。と言っても、友達や男の人と映画を見に行くのが嫌いなわけじゃない。そういう時は目的が映画を見ることなのではなく〝その人と会い同じ映画を見ること〟が目的なわけだからいいのだ。だから人と見に行く映画は、まったく前評判を知らない映画か、ポップコーンをぼりぼり食べながら見られるような娯楽映画がいい。後でスティーブン・セガールって顔が変とか言って笑えるのがいい。

ひとりで見に行った映画やお芝居は、本当によく覚えている。暗い地下鉄のらくがきや、ダニー・デビートの目の色や、デ・ニーロの穿《は》いていたジーンズの弛《たる》み具合。そしてその時の季節や自分が何を着ていたか、落ち込んでいたとか仕事が終わってほっとしていたとか、精神状態まで思い出せる。

ひとりで何かを見ると、本当に深く印象が残る。人といっしょだと、映画を見ながらも終わったらお茶にしようかご飯にしようか、あの店に行こうか、でも金曜だから混んでるかな、なんて無意識に考えてしまうからかもしれない。

そうやってひとりでぶらぶらするのが好きで、よく目的もなく渋谷《しぶや》や二子玉川《ふたこたまがわ》園《えん》（うちから比較的近いから）をうろつくのだけれど、私もそんなに孤独を愛する性格というわけではないので、だんだん寂しくなってきて、買う気もないのに洋服の店に入って店員に話しかけてもらったりして喜んでいる。

そういう時、ばったり知人に会えるのはとても嬉《うれ》しい。現実の世界では小説みたいに、偶然道で知人と出会うということはあんまりないのだけれど、以前、ある出版社の担当さんに渋谷の紀伊國屋《きのくにや》書店でばったり遭遇した時はとても嬉しかった。その方は三十分ぐらいしか時間がなかったのでちょっとお茶しただけだったけれど、そういう風にぶらぶらしている時に約束しないで知っている人に会えるというのはすごく楽しい。でもそれっきり、一度も誰とも偶然出会ったことはない。

若い子ちゃんからの手紙

最近の中学生や高校生の女の子は本当にきれいになったと思う。こんなことを言うと、自分がとても年よりになった気分だが、確かにそう思う。友達に聞いても、皆同じことを言う。

私が制服を着ている頃は（ちなみに私は一九六二年生まれです）今みたいに垢《あか》抜《ぬ》けている子は本当に少なかった。いくらスカートの裾《すそ》をいじろうと、鞄《かばん》をペタンコにしようと、どこかやぼったかった。けれど、最近の道行く高校生の垢抜けてること。学校の制服を着てなかったら大人と見分けがつかないぐらいだ。けれど、きれいになったことはなったが、喧《やかま》しさだけはまるで変わらない。ファストフード店でいつまでもいつまでも喋《しゃべ》り続ける彼女達を見ると、うるせえなと思う反面、何だかあったかい気持ちになる。

女はいくつになっても集まれば喧しいものだ。けれど、おばさんが喧しいのと女子高校生が喧しいのとでは微妙に違う。若い子ちゃんの喧しさは、少しだけ聞いている人間に優越感を与える。そうしていられるのも今のうちなのよ。今はすごく幸せな時なのよ。親の言うことなんか聞かずに思う存分満喫してね、と私などは思う。

少女小説を書いていた頃は、月に五十通近くの手紙を中学生や高校生の女の子からもらった。全員に返事を書くのは無理だったけれど、それでも出来る限りは返事を書いた。十代の女の子というのは、人に手紙を書きたいものだし、もらうのも同じぐらい好きだ。私もそうだったからよく分かった。

彼女達は自分の身の回りに起きている悩みについて、延々と書いてくる。面白いものもあれば、つまらないものもある。行動範囲がとても狭く、その狭い世界で起きた出来事に一喜一憂している。

私はそれを笑わない。そのぐらいの年の女の子は、出たくてもその狭い世界を出ることができないのだ。その狭い世界が彼女の唯一の宇宙なのだ。その中で起きる、大人から見れば些細《ささい》な出来事、友達や親との喧嘩《けんか》や、好きな男の子が振り向いてくれないこと、担任の教師が厭《いや》な奴なこと、そういうことが本当に切実な問題なのだ。

親しい友達や親には言えないような鬱憤《うっぷん》を、彼女達は知らない世界にいる〝少女小説家〟のところへ送りつけてくる。もちろん返事は嬉しいだろうが、彼女達は書くことによって鬱憤のほとんどを既に解消しているのだ。こちらが真剣に悩みに答えた返事を書いたところで、彼女達は「へええ」と思うだけだ。けれど、私は返事を書いた。何か書かずにいられなかったのだ。

十代の女の子達の手紙の中に、よく「普通のOLにだけはなりたくない」「普通の主婦にだけはなりたくない」という言葉を見つけた。普通のOLや普通の主婦でいることの困難さを知らないから言えるのだと鼻で笑うのは簡単だ。けれど、本当にそれだけだろうか。

彼女達は無知ではあるが、そう馬鹿ではない。普通のOLや普通の主婦（自分の姉や母であるかもしれないし、テレビや雑誌からの知識かもしれない）が、彼女達の目には魅力的に映らないのだ。普通の大人、つまり彼女達に言わせれば特殊な職業に就いていない大人が、つまらない人間に見えて仕方ないのだ。

ただ派手で楽しそうに見える世界に憧《あこが》れているだけの子もいるが、そうではない子も多い。大人というのは〝仕方なく仕事をし、仕方なく頑張っている〟存在に見えて仕方ないのだ。日々の繰り返しに疲れ果て、子供にあたりちらす大人を間近に見れば、そういう発言が多く出ても不思議ではない。大人になることを恐怖し、逃避する気持ちも分からないではない。

ところが、平凡で単調な毎日を送る大人にはなりたくないと思っているにもかかわらず、何か具体的な行動に出る若い子ちゃんは少ない。若さ故、どうしていいのか分からないことも一因ではあるだろう。けれど、歌手になりたい、モデルになりたい、看護婦さんになりたい、弁護士になりたい、外交官になりたい、図書館司書になりたいと、何度も何度も手紙に書いてきた子達の中で、高校を出てその第一歩を踏み出す子は稀《まれ》だった。

弁護士になりたい子が何故短大の英文科へ推薦で入るのか、歌手になりたい子が何故地元国立大学へ行くのか、図書館司書になりたい子が何故デパートに就職するのか。そりゃそれぞれ事情ってものがあるのだろうけど。

十八歳ぐらいになると、ある程度世の中というものが見えてくるのだろう。自分の容姿ではモデルになれないことや、親の猛反対を押し切ってまで東京へ出る必要はないことや、看護婦になるよりも楽でお金になる職業があることに気がつく。

何かになりたかった、若い子ちゃん達。

でも、何かになるには、ものすごい情熱とエネルギーを要するのだ。生まれてから十八年で、たった十八年で、彼女達は「自分には無理」という判断を下すのだ。

その諦《あきら》めの感情を植えつけたのは誰なのだろう。気が狂うほどの努力の果てに、あなたが欲しいものがあるのだと、大人が身をもって示してあげられたら、彼女達は簡単には諦めなかったのではないだろうか。そんなのは本人の意志の弱さで、大人のせいにするのは間違ったことなのかもしれないけれど。でも、子供というのは大人を見て育つのだ。大人の作った本を読み、大人の作ったカリキュラムを勉強し、大人の作ったご飯を食べて、大人の作ったテレビを見て育つのだ。

彼女達は制服を脱ぐと、大抵もう手紙をよこさなくなる。私はほんの少しの寂しさを覚えながら、それを「卒業」と呼んでいた。今でも「卒業」した女の子から時々手紙が届く。それはとてもくすぐったく嬉《うれ》しいことだ。大抵の子は、普通のＯＬや普通の主婦になっている。でも私はそれを、決して皮肉に笑ったりはしない。

負けず嫌いな人

よく恋愛はバトルだと言う人がいる。恋愛というのは基本的に戦いであるわけだから、当然勝ち負けがつく、そういう意味のことだ。

その辺が私にはよく分からない。いくらバトルと言ってもスコアーが出るわけじゃないのだから、勝ったか負けたかなんて本人の気の持ちようなわけでしょ？誰が見たって遊ばれて捨てられたって結果でも、本人が勝ったと思っていればいいわけでしょ？　要するに楽天的にものを考えようというわけなんだろうか。

そりゃまあ、勝ち負けにしたい人はすればいい。だけど、負けたくないからって理由だけで、声を聞きたいのに電話するのを我慢したり、泣きたいのに泣かなかったり、さわりたいのにさわらなかったりするのは、どうも違う気がする。思ったままに何でもすりゃあいいってものでもない。それは知っている。もう大人なんだから我慢しなきゃいけない時もあるし、プライドだってある。でも、負けたくないって気持ちは何なんだろうって考えてしまう。

恋愛沙汰《ざた》でないことならば、少しは分かる。私には仕事上〝絶対負けたくない〟と思っている人がひとりいる。でもその人は私がこんなにも闘志を燃やしていることを知らない。私はその人が実は大嫌いで、大嫌いなのに気になって仕方なくて、だから絶対負けたくないと思っている。あんな奴に負けてたまるかと思うと、不思議に筆も進む。でも、そういう相手はその人ひとりだけだ。確かに親しい作家の方が、次々と新刊を出したり、雑誌インタビューにばーんと出てたりすると、私だって人間だからちょっと悔しいと思う。でも〝負けた〟なんて思わない。逆に私の本がどこかの書評で褒められていても〝勝った〟なんて思わない。勝ち負けでやっているわけではないから。

悔しい、と思う気持ちが原動力になる人もいる。そういう人は何でも勝ち負けにして、負けた悔しさでどんどん前進すればいいと思う。でも、悔しいという激しい感情に押しつぶされるタイプの人は、なるべく勝ったとか負けたとか意識しない方がいいと思う。

恋愛というのは〝バトル〟ではなくて〝人間関係〟なのだと私は思う。人間関係に勝ち負けを持ち込んで、それでうまくいくとはどうも私には思えないのだ。友人のひとりで、恋人にはガンガン思っていることをぶつける人がいる。それができるのは、本当に好きだからなのだと言っていた。ガンガン言って相手を論破した時の快感ったらないわ、と彼女は言っていたけれど、本当にそれで問題が解決するのだろうかと私は首をかしげた。

恋愛がバトルだと言うならば、勝たなければ意味がないわけでしょ？　それとも、負けてあげるテクニックというものを持っていて言っているのだろうか。戦いに勝つ、ということは、相手を負かすことなのだ。それでは相手の気持ちなど、どうでもいいことになってしまうのじゃないだろうか。誰だって負けるのは面白くないだろう。相手に面白くない思いばかりさせていたら、あなたはいつか嫌われるんじゃないだろうか。

「負けず嫌いの人」という表現は、根性があるとか気骨があるとか、どちらかと言うと褒め言葉であるような感じがするけれど、私はあまり「負けず嫌いの人」は好きじゃない。

どちらかと言うと私は「惚《ほ》れた弱味」に振りまわされる人の方に好感を持つ。

会社が好きだった理由《ワケ》

ものを書くような仕事をしている人は、大抵「会社」というところに肌が合わず、そのせいでこういう職業に就いた、という人が多いようだ。

自分で言うのも何だけど、私はそうではない。私は会社が好きだった。

そりゃ朝のラッシュはつらいし、残業が続くと過労死してしまうんじゃないかと思うぐらい本気で疲れた。デリカシーのない親父はいたし、女の子同士の微妙な駆け引きみたいなものもあった。

だけど、私は会社というところが好きだった。

学校を出て就職した会社が、小さい事務所であったからかもしれないけれど、要所要所を押さえれば、お菓子を食おうが、勤務時間中に銀行に行くふりをしてチケットぴあに行こうが自由だった。上司達は〝典型的ニッポンの親父〟ではあったけれど、悪い人などいなかった。親切で明るく、暇な時はくだらない世間話をしたり、よく飲みに連れて行ってもくれた。

回覧板が回ってきたり、お昼休みの電話当番を決めたり、あまりの忙しさにふと可笑《おか》しくなって笑いが止まらなくなったり、役員が食べる豪華なお弁当を出前で取るとき、一個余分に取って女の子達で食べたり。そういうことが、とても楽しかった。

小説の新人賞を頂いてからは、やはり正社員で仕事を続けることは難しく（残業はしませんせん休日出勤はしません、というわけにはいかなかったのだ）、私はその会社を辞めた。けれど筆一本で食べていけはしなかったので、短期のアルバイトへよく行った。

短期の仕事というと、やはり客商売が多くなる。ここぞとばかりに、私はデパートに勤めた。一度勤めてみたかったのだ。

大変は大変だったけれど、予想通り接客という仕事はとても楽しかった。やたら威張っている客もいたし、もちろん嫌な上司もいた。けれど、毎日知らない人と話ができるのは楽しかったし、「ありがとうございました」と口に出すのも、私はとても好きだった。

働くことは楽しい。とても素直に単純に私はそう思った。この、ひねくれた性格の私がそう思った。働くということは、すごく楽しいことだと。

ところが、私は今まで違った三人の人から、同じことを言われたことがある。

「あんまり一生懸命やらない方がいいよ。よく働くと思われると、それだけ仕事が増えるんだから」

という言葉だ。

つまり、上司に言われた仕事を制限時間内にこなし、その上言われないことまで気をきかしてやれば、あの子は沢山働くからもっと仕事をやらせよう、と思われてしまうから止めなさいよ、と忠告を受けたのだ。あいつは少し抜けている、ぐらいに思わせておいた方が余計な仕事を頼まれなくて楽だと言いたいのだ。

一度ならいい。私は三回違う会社の人から同じ内容のことを言われたのだ。

よっぽど私は要領が悪く見えるのだろうか、とちょっと悩んでしまった。でも、どうしても私はその台詞《せりふ》に頷《うなず》くことができなかった。

どんどん自分の仕事を増やしているだけなのかもしれなくても、私は「あいつは使えない奴」と思われる方が恐怖だった。私はキャリア志向でも何でもない。どちらかというと、お茶汲《く》みしてコピー取ってる方が楽で好きだと思っていたぐらいだ。それでも、意識的に手を抜いたりするような器用な真似はできないと思った。

そんな私が、今はアルバイトに出ることもなく、書くことだけを仕事にしている。

筆一本で充分食べていけるようになったからではない。書くことによって得る収入は、まったくと言っていいほど増えてはいかない。

でも、ある日気がついたのだ。

とあるお会いしたことのない年上の作家の方から、私は手紙を頂いた。内容はここには書かないけれど、あの時ほど全身から力が抜けたことはなかった。私の狡《ずる》さを、言い訳の多さを、行動のなさを、優しい言い方ではあったけれど、その方は指摘して下さった。

お金のためとか生活のためとか言いながら会社勤めをしていたけれど、それは逃げていたのだ。意識的に手を抜いたりするような狡いことは私にはできないわ、と偉そうに言っていたくせに、意識的どころか無意識に私は本業から手を抜いていたのだ。

自分は正しいのだと思っていたのが、心から情けなかった。

働くことは楽しい。けれど、遊び半分だから楽しかったのではないだろうか。それに気がついて私は青くなった。コピーにお茶汲みが楽しくて好き、なんて言っていた自分が心底恥ずかしくなった。楽しくて当たり前だ。責任がないのだから。その手紙は、私の宝物になった。

書くしかないの

思っていることを紙に書く、ということを始めたのは、小学生の頃だった。それは日記でもなく、詩でもなく、漫画でもなく、もちろん小説でもなかった。ただ思ったことを紙に書くのだ。

そうすることによって、嬉《うれ》しいことは何倍も嬉しくなり、つらいことは半分になった。高校三年生の時からのノート（その当時ノートに〝ロバの耳〟というタイトルをつけていた）を私はまだ捨てずに取ってある。

誰にも見せないことを前提として書かれたそれは、自分でも感心するほど伸び伸びしていて、傲慢《ごうまん》で、センチメンタルで、笑わせようとしていないのに腹を抱えて笑ってしまうほど可笑しい。

大学生になり、卒業をして、会社に就職すると、日記はどんどん面白くなっていく。お見せできないのが残念でたまらない。とにかく楽しかった事件よりも、失恋したとか喧嘩《けんか》したとか、そういう話の方が面白い。

それは考えてみれば当たり前で、自分の行為を正当化し、つらいことを笑い飛ばして乗り切ろうとして書いているのだから。ものを書くというのは、私にとって自分で自分を慰めるための手段だった。

この世界に入る前は、人には見せないものしか書いたことがなかった。読者は私ひとりなので、私だけが面白いと思えるものを書けばよかった。その行為には、努力も苦悩も必要ない。なんと言っても、人が眠る前に一杯お酒を飲んで本など読んでいる時間に、私は一杯飲みながらノートにものを書いていたのだ。

書くことが、読むこと以上に楽しかったのだ。

いつの間にか、私は大勢の人が読むという前提のもとで、ものを書くようになった。それはまた違った喜びだった。他人《ひと》様に自分が書いたものを面白いと言ってもらえるのは「あなたとセックスするのは気持ちがいい」と言われるような快感だったし、第一お金が貰《もら》えた。

けれど、その楽しいはずの行為に、生活とか将来とか義理とかビジョンとか書評とか文学とか読者とか売上とかが絡んでくると、そう単純ではなくなってくる。弱音を吐くのは恰好《かっこう》が悪いけれど、今年に入って私は、この仕事を辞めようかと本気で思ったことがあった。

ものを書くという行為は、誰に禁止されてもやめない。やめるわけがない。一生私はノートに思ったことを書き続けるのだ。サメが泳ぎ続けるように（でも本当にサメって泳がないと死んじゃうの？）。そうしないと生きていけないのだ。けれど、職業にするかしないかは私の意思である。自分のためだけに書いたっていいのだ。若い時のように。

でも駄目だった。やはり私はどうしても、この仕事を手放すことができなかった。

みんなが私にもっと書け、と言うのだ。

決して人のせいにするわけではない。

でも、友人知人も昔の恋人も編集者も、夫でさえも、私に小説を書けと言うのだ。言わないのは親ぐらいである。

書かない私には、魅力がないと言うのだ。

みんなの言う通りかもしれない。私は珍しく素直にそう思った。

何もできない私。頭も悪いし、運動神経も悪いし、性格ももっと悪いし、不美人で小太りで卑屈な私。その私が唯一の得意分野を放り出したら、ただの三十路《みそじ》のプー太郎である。

小説なんか書かなくても、君が好き。

そう言ってくれる人はいない。

いないのだ。

書くしかない。私は書くしかないのだろう、きっと。

不倫と我慢

世の中は、不倫の花盛りである。

私は学生の時色々なアルバイトをした。初めて見た大人の社会でまず感じたことは、

「世の中には、本当に不倫してる人って多いんだなあ」

ということだった。

社会で働くことの厳しさより先にそう思った。何故なら、どこのバイト先に行っても必ずと言っていいほど不倫カップルがいて、これまた必ずと言っていいほどそのふたりの関係は〝公然の秘密〟だったのだ。甘納豆屋にも居酒屋にも結婚式場にも大手電気メーカーにも不倫カップルはいた。

いろんな人に聞いてみると、会社というのは不倫の巣窟《そうくつ》らしい。そういえばそ

うだ。私が勤めていた会社にもいた。関連会社にもいた。取引先にもいた。「私の知り合いには不倫なんかしてる人はひとりもいない」という人はあまりいないだろう。知人の誰かひとりぐらいは不倫をしている、あるいはかつて不倫状態にあったという人がいるだろう。

もはや不倫は、BSアンテナより普及しているのかもしれない。もうそれを見ても、誰も驚かない。目撃しても「ふーん」と思うだけだろう。

考えてみれば、当然かもしれない。

結婚というのは〝お約束〟である。あなたとしかセックスしませんという約束だ。するとしても、隠れてこっそりします、という約束である。表向きは〝あなた以外の人に恋をしません〟という約束であっても、そんなことを守れるはずがないことは、誰もが分かっている。

恋は交通事故みたいなもので、望むと望まないとにかかわらず勝手にやってくるものだ。事故は起こしません、あなたのために死ぬまで安全運転しますと約束したとする。けれど、自分が気をつけていても事故は起こる。ちょっとした接触事故なら示談で済んで、奥さんにはバレないかもしれない。けれど出会い頭の正面衝突となれば、隠し通せないだろう。また〝隠す〟という努力さえ放棄してしまいたくなるかもしれない。

だから、結婚している人と恋愛をする、ということに、私はそれほど疑問は持たない。そんなにいけないことだとも思わない。したい人はすればいいし、私にもそういう事態が訪れたら、罪悪感なく恋愛するだろうと思う。

ただひとつ、私が思うことは「みんな我慢強いなあ」ということである。

知り合いのミエちゃん（もちろん仮名）は不倫歴八年、さらに記録更新中である。

ありきたりではあるが、彼女の恋人は会社の上司である。ミエちゃんは、その男の人のアシスタントなのだ。ふたりで組んで仕事をしているので、四六時中いっしょである。残業が終われば、ふたりでご飯を食べに行く。お酒を飲んで、終電近くまでいっしょにいることも多い。けれど、ミエちゃんはまだ独身で自宅に住んでいるし、ふたりとも仕事に燃えに燃えているので、明日の仕事のことを考え、そうそうホテルに泊まったりはしない。それぞれの家にバイバイと明るく帰って行く。土日も大抵デートである。でも妻子のある彼は、まあ夕方には帰って行く。ミエちゃんも自分の家に帰って、優しいお母さんが作ってくれた夕飯を食べる。

大勢で遊ぶ時、よくミエちゃんと彼はいっしょにやって来る。とても自然にそこにいるので、ふたりは夫婦だと思っている人も多い。ふたりが不倫カップルであることを知って、人はみな最初戸惑うけれど、あまりにもふたりが屈託ないので、すぐ慣れてしまう。第一、彼の本妻を誰も見たことがないので、不倫と言われても実感が湧かない。

そんな調子で八年である。軽い喧嘩《けんか》ぐらいはあったようだけれど、それほどの修羅場もなく八年である。その間に、私は夫とつき合って結婚して、結婚生活を何年かした後、煮詰まって別居しているのである。彼らはその間ずっと恋人同士だったのだ。

「ねえねえ、本当のこと言ってつらくないの？」

私が思わず失礼なことを聞いてしまうと、ミエちゃんはしばし考え、

「つらい時もあるけどさ、彼が奥さんといる時間より、私といる時間の方がものすごく長いんだもん」

「だったら、別れてもらって結婚したら?」

「でも彼には子供がいるし、これが結婚となったら、うまくいくかどうか分からないでしょ。今まで長い間うまくやってきたんだもん。仕事のことで、彼のことすごく尊敬してるから、ずっといっしょに仕事してたいし」

そんなことを言われて、私に何が言えましょう。このままでいいのだ。ミエちゃんは、このままでいたいのだ。ということは〝このまま〟を維持するために、どれほどのエネルギーを使っているかがうかがえる。ふたりは決して安泰ではないのだ。

みんな、なんて我慢強いのかしら。

まずその男の人の奥さんがすごい。夫は毎日帰りが遅くて、休日もどこへ行くとも告げないで出掛けて行く。明らかに嘘だと分かる言い訳をして旅行へも行ってしまう。それが八年だよ。それで浮気に気がつかなかったら相当バカである。気がついているのだ。それで許しているのだ。私にはできない。いつか、大きなしっぺ返しを企《たくら》んでいるにしても、私だったら耐えられない。

ミエちゃんにしてもそうだ。いくらいっしょにいる時間が長くても、時間を気にせずいっしょにいられるのは、旅行中ぐらいなものだ。知らない人には夫婦だと思われるだろう。それを嬉《うれ》しく感じるのは一瞬で、でも本当は夫婦ではないことが重くのしかかるはずだ。

彼だって、本妻からも愛人からも無言のプレッシャーを感じているに違いない。いつか何とかしなければならない日がくることを承知しているのだろう。

それとも、私が勝手にそう想像しているだけなんだろうか。本当は、本妻さんは「亭主元気で留守がいい」と楽しく毎日を送っていて、ミエちゃんも好きな男の人と好きな仕事をバリバリできて幸せで、彼も好きな女がふたりも手に入って、そのわりに家庭は平和で子供もなついてくれてハッピーたまらんと思っているのだろうか。

さて、そんな傍目《はため》には安定しきったふたりに、先日変化が訪れた。

ミエちゃんの方が、都内の別の事務所に栄転になったのである。仕事の実力をかわれたのか、公然の秘密であった上司との恋のせいなのか、どちらかは分からない。けれど、ふたりは別々に働かなければならなくなった。

友人達の間では「やばいかもね」とひそひそ話していたのだが、結果はこうである。

ミエちゃんの新しい事務所は、自宅から通うのはちょっと遠すぎたので、彼女は二十八歳にして初めてひとり暮らしをはじめたのだ。そこへ、これ幸いと彼が通っているのである。どうやらふたりは、今までに増してハッピーたまらん状態らしい。

我々の心配をよそに、ふたりはあいかわらず仲良くやっている。

どこか間違っている気もするけれど、私はそれをうまく指摘できない。

その後ミエちゃんはまだその彼とつきあっているそうです。最近は会っていないのでどんな感じなのかは不明だけれど、なんかそこまでくると私は尊敬さえ覚えてしまいます。結婚してるとかしてないとか、そういう世間一般の道徳みたいなものを、もしかしたら彼らは超越しているのかもしれません。

それでも私は、やっぱり少し釈然としません。

ひとり時差ボケ

一時、生活のリズムが破綻《はたん》したことがある。

作家なんて職業はいくらでも怠惰になれる。特に私のような売れていない作家は、編集者も〆切《しめきり》〆切とうるさく言わないので、どんどん自堕落になっていく。

私は以前、いわゆる少女小説というものを書いていて、その時は三ヵ月に一冊、必ず本を出さなければならなかったので（でも今思えば必ず、というわけではなかったのだ。ド新人の私はそれを守らなければ、二度と仕事がもらえなくなるのではと恐怖していたのだ）石にかじりつくようにして原稿を書いていた。

けれど、それをやめてから、すっかり気が抜けてしまった。そりゃ、書かなければならない原稿はあったし、その作品次第でこの業界でやっていけるかどうかが問われるところだったから必死ではあった。なのに、どうも筆が進まないのだ。

まず、朝起きる。一応十時ぐらいから机に向かう。でもなーんか、できない。その辺に落ちている雑誌を拾って読んだり、枝毛を切ったりしていると昼になってしまう。ご飯を食べて「笑っていいとも！」を見る。とりあえず一時から仕事をしようと机に向かうのだけど、やはりやる気になれない。資料をめくっているうちに、どんどん時間がたっていって、夕方になる。慌ててスーパーに買い出しに行って夕飯を作り、夫が帰って来るまで少しでも仕事しなきゃとワープロに向かう。一日のうちで一番集中できるのが、不思議とこの切迫した一時間である。で、夫に夕飯を食べさせて、後片付けをして、お風呂《ふろ》に入ったりすると、もう夜も十一時だったりする。こんなことじゃいけない、とそれから夜中の三時まで仕事をする。すると、次の日の朝、まったく起きられず昼まで寝てしまう。

それをずっと続けていくうちに、体内時計みたいなものが狂ってしまったのだろう。夜になっても、まったく眠れない日が続いたかと思うと、今度は夜の七時ぐらいに強烈に眠くなったりしていた。ひとり時差ボケ状態である（余談だけれど、私は海外旅行に行っても全然時差ボケにならない。普段から体内時計が狂っているので、その調整に慣れているからだと思う）。

いくら生活のリズムが無茶苦茶であろうとも、ちゃんと仕事ができて、心身共に健康であるならば何も問題はない。けれど、やっぱり無茶な生活にはちゃんとしわ寄せが来るのだ。何と言っても、まず元気がなくなる。誰でも目が覚めた時に、もう昼の二時を過ぎていたらいやーな感じがするでしょ？　それが日常であるならばいいけれど、何時に眠くなって、何時に目が覚めるか分からないというのは、思ったよりもストレスが溜《た》まるものなのだ。

もちろん、このままではいけない。このままでは絶対仕事に支障が出るし（事実、まったく原稿の書けない日が続いていた）何より自分が恐かった。それでなくても、つまらないことをうじうじと考えてしまう性格だから、このままでは生活も自分自身も破綻してしまいそうだった。

いくら眠くても、何とか頑張って八時には起きるようにした。堅気のＯＬをしていた時は、朝の五時半に起きてたんだからと自分に言い聞かせる。耐えられなくて昼寝をしちゃったり、そのせいで一晩中眠れない日もあったけれど、徐々に人間らしいリズムが戻ってくるのを感じた。

朝起きて、昼間仕事をして、その日のうちに布団に入る、というあまりにも当たり前の生活を、取り戻した時は本当に嬉しかった。人に言っても馬鹿にされるだけだと思って言わなかったけれど、本当につらかったし、自分でも我ながらよくやったと思った。

そういう当たり前の生活のリズムがもたらしてくれた一番の幸福は、お風呂あがりのビールだった。普段から当たり前にやっている人には、なかなかそのありがたみが分からないかもしれない。私にはそれが可能になっただけで、一トン級の大きな憂鬱《ゆううつ》がひとつなくなった。

以前はお風呂に入っても、この後仕事をしなきゃならないと思っていたから、お風呂の気持ち良さも、その後に飲むビールの冷たさも楽しむ余裕がなかった。いつもいつも、仕事のことが頭を離れなかった。ご飯を食べていても、友達と会っていても、トイレへ入っても、気になるのは仕事のことばかりだった。早く仕事をしなくっちゃという強迫観念でいっぱいだった。

お風呂に入り、ビールを飲んでプロ野球ニュースを見て、布団にもぐりこんで眠くなるまで読みかけの本を読む。今は少なくともその間はまったく仕事のことを考えなくなった。読みかけの本が三ページも進まないうちに、瞼《まぶた》がくっついてしまう。その瞬間に何よりも今はほっとしている。

その後、私はまた夜型になって、そしてまた昼型になった。どうやら放っておくと夜型と昼型の生活をバイオリズムの波のように繰り返すようです。

女王様

あなたのそばに、女王様はいないだろうか。

私は女王様とは決して親しくなれないので、そばにはいないけれど、ちょっと見渡すと女王様の姿が見える。

漫画家、あるいはファンタジー系の作家（あー偏見）に多く見える気がする。いや、イラストレーターにも純文学の作家にもいる。少女小説家にもいる。そして普通の会社にもやはり女王様はいた。女が大勢集まる場所には自然発生的に「女王様」はいるのだ。

女王様は女王様なので、たくさん家来を持っている。待ち合わせをすると、呼んでもないのに家来を連れて来る。パーティーの時も、招待されてもいない家来を連れて来る。でも彼女は女王様なので、それについて誰も文句が言えない。

女王様はプライベートで飲みに行く時も、もちろん家来を連れて行く。しかし〝連れて行く〟わりには、店の払いは割り勘だったりする。家来達は黙って言われた金額を払う。バカ高いワインやキャビアを頼んで食べたのは女王様なのに。

女王様はよく喋《しゃべ》る。女王様は自分の世界を持っているので、その世界の話を際限なく喋る。家来達は、その話を聞くのが好きだ。女王様のおそばで、女王様のお言葉を聞くのが生きる喜びなのだ。

女王様は決して自分の世界から出ない。よその国へ行くと言葉が通じないからだ。女王様はよその国の言葉を習ったりはしない。女王様はよそから来た人にも自分の国の言葉で喋る。だって彼女は女王様なのだから。それに、家来の中には通訳してくれる人がいるので、外交はその人に任せればいいのだ。

女王様はよく長電話をする。同じ言葉を話す国の女王様と電話で話す。女王様はお金持ちなので、電話料金など気にしない。耳が痛くなってコードレス電話の電気が切れるまで喋る。お互いの国について褒めあう。お互いの政策について語り合う。いっしょに住んでいる家来は、女王様が国策について語り合っているので、電話しながら食事できるようにサンドイッチなど作って差し上げる。

女王様は、パーティーへはもちろんドレスを着ておいでになる。人々は女王様の高価なドレスを見て、何か言わないではいられない。面と向かって言う言葉と、あとでこっそり囁《ささや》く言葉は違うけれど、それでも女王様がみんな気になるのだ。ひとこと、女王様と口がききたいのだ。私だってお話ししたい。

そして女王様のそばで微笑む家来達は、ドレスを着ていない。家来Ａは私と女王様が歓談するのを見て思う。

あなた達は女王様とはパーティーでしかお話しできないけど、私は女王様のお世話を毎日しているのよ、お言葉を毎日もらっているのよ、女王様は私を親友だと言って下さるのよ。あなたなんかより、ずっとずっと親しいんですからね。だから、ちょっとだけ私の女王様を貸してあげてもよくてよ。

私が嫌いなのは、女王様ではなく、家来なのだ。


最近気がついたのですが、〝男の女王様〟というのも居ますね。決して王様ではなく女王なところがポイントです。

飲みすぎちゃって困るの

私はお酒が好きだ。量的にも結構いける方だと思う。

私は嬉《うれ》しいことがあるとお酒を飲む。では、厭《いや》なことがあってくさくさしている時は飲まないのかと言うと、やっぱり飲む。でも、どちらかと言うと「あ、今日は飲もう」と思うのは、いいことがあった時だ。

嬉しい時にお酒を飲むと、嬉しさが倍になる。笑いが止まらなくなって、その辺にいる人誰彼構わず親切にしてあげたくなる。もっともっと楽しくなりたくて、ビール一本のつもりがいつの間にか日本酒をぐいぐい飲んじゃったりしている。そして突然、すこーんと楽しくなくなる。飲みすぎて気持ちが悪くなるのだ。深夜のタクシーで、いったい私は何人に迷惑をかけただろう。みんな、あの時はごめんなさい。

私がお酒の席で最も恐れているのは、自分の自制心のなさと、もうひとつ。それは「下戸の人」だ。

数年前、私は胃をこわした。と言っても医者にかかるほどではなく、原因も連日の暴飲暴食だと分かっていたので、少し自重すれば治るだろうと思った。数日にわたってじくじくと胃が痛み、さすがにお酒を飲む気になれず、予定していた飲み会もパスしたかったのだが、仕事がらみだったので行かないわけにもいかない。ま、ウーロン茶でも飲んでいればいいやと、とりあえず宴会に出席した。

その時、私は生まれて初めてしらふで宴会というものを見た。いつもは場の盛り上がりといっしょに、自分も酔っぱらっているので気がつかなかったけれど、酔っぱらいというのはなーんて大馬鹿なんでしょうか。私は唖然《あぜん》とした。同じことを何度もしつこく言うし、女の子の胸なんか平気で触ってる奴はいるし、ブリーフ一枚で踊り狂っているいい年のおっさんもいる。その日が特別乱れたわけではなかった。いつも通りのことだったのだ。ということは、私はいつもこの状況に何の疑問も抱かず、うへへへなんて笑っていたのだ。同時に、お酒を飲まない人が恐ろしくなった。下戸のみなさんは、いつもいつもこういう冷静な目で酔っぱらいを見ているのだ。

お酒を飲まない人の中には、本当に下戸でからだがアルコールを受けつけない人、主義主張があって飲まない人、飲めるけど別においしくも何ともないから飲まない人、と色々いるだろう。私の母はいわゆる下戸だ。飲めるものなら飲んで、今まで酔っぱらいにされた仕打ちを返してやりたいと常々言っている。そうだよなあと思う。お酒を飲む人は、酔っぱらうと普段の鬱憤《うっぷん》を外に出すけれど、それを受け止める側はしらふじゃやり切れないだろう。

だから私はお酒の席にしらふの人がいると、ちょっと緊張する。誤解のないように言っておくけれど、そういう人とは集まりたくないと言っているわけでは決してないのだ。ただ、酔っぱらって変なことを言ったりしたら、あとから白い目で見られるのではないかと、ちょっと緊張するのだ。

お酒を飲んで一番楽しいと思うのは、自分も含めて人がみんなフランクになることだ。よそゆきの顔をしていた人が、一枚上着を脱いでリラックスする。普段は言わないような本音をちらっと口にする。隣のテーブルの知らない人や、店の人と話をする。それがすごく楽しい。

世の中の人がいつも〝ほろ酔い〟ぐらいの気持ちでいてくれたら、もっと物事がスムーズに運ぶのにと思う。だから、私はなるべくお酒を飲んでいない時でもフランクであろうと心がけている。他人を傷つけるようなことでない限り、なるべく本当のことを言おうと思っている。

そういうわけで、下戸のみなさん。酔っぱらいには本当に頭に来ていることと思いますが、蹴《け》りの一発でも入れて許してやって下さい。

その後私は体質が変わり、一滴もアルコールが飲めなくなりました。きっと一生分飲んでしまったのでしょう。

煩悩とお友達

知り合いの男の人で「お酒も煙草もクスリもきっぱりやめた」という人がいて、それを聞いた私はうわー、と思った。何がうわー、なのかと言うと、とことんのめり込んだからこそ言える台詞《せりふ》だと思ったからだ。そういう煩悩をすっぱり切り捨てた人の前に出たら、私はすごく緊張するだろうと思う。私はそういうものをまだ抱え込んであがいているからだ。

お酒に関しては、何度か本気でやめようと思ったことがある。二十代の前半、私は強烈に情緒不安定で、お酒を飲む度に友人や親やあげくの果てに警察にまで迷惑をかけたことがあったからだ。

しかし、やめてはいない。ものすごい二日酔いの朝以外、二度とお酒を飲むのはやめようなどとは思わない。けれどまあ、ここのところ記憶がなくなってしまう程飲むことはなくなった。もうそんなに若くはないというところでしょうか。

煙草もやめようと思ったことはない。三日で一箱空けるぐらいだから、何も問題はないと思っている。けれど、お酒の席ではどうしても大量に煙草を吸ってしまう。煙草でも吸っていないと、どんどんお酒を飲んでしまうからだ。だから本当は煙草じゃなくて、編み物とか刺繡《ししゅう》とかしているといいのかもしれない。居酒屋やバーで手芸しながら飲んでる女がいたら、ちょっと恐いだろうけど。

お酒、煙草、クスリの他にも世の中には振り切れない煩悩は沢山ある。食欲、セックス、物欲、社会的地位、お金。

私が一番囚《とら》われている煩悩は、物欲だと思う。これがなくなったら、どんなに楽かと時々思う。

とにかく買い物が好きなのだ。だけど、私の収入は微々たるものだから、ほしいものを次から次へとバンバン買うわけにはいかない。仕方なく安い物をちょろちょろ買って、何とか自分の中の怪獣ブッヨクザウルスを宥《なだ》めている。それでも時々ブッヨクザウルスがビュワーと火を噴いて、リボ払いで洋服を買っちゃったりもする。そして明細が送られてくると、がっくりと肩を落とす。次の原稿料はこれでパーだ。

何も、ものすごく高い物がほしいわけではないのだ。街へ出ればアフタヌーンティーのティーカップやアニエスb.のカーディガンがほしくなり、家へ帰れば千趣会《せんしゅかい》のカタログが届いていて、パジャマやらピアスやらに赤ペンで丸をつけてしまう。デパートとかヨドバシカメラとかに行ったら、売ってる物が全部ほしくて頭がくらくらしてしまう。この店の社長の愛人になりたいと真剣に思う。

どうしてなんだろうと、時々しみじみ考えてしまうことがある。今はそんなに収入もないからこれで収まっているけれど、何かの間違いでお金持ちになってしまったら、私はどうなるのだろうと思うと恐い（とらぬ狸ではあるが）。ブルガリの時計がほしくなり、ジノリの食器がほしくなり、友禅の着物がほしくなり、ジャガーと運転手がほしくなり、マンションどころか億ションがほしくなり、そこを掃除してくれる人がほしくなり、私が持っている物を褒め讃《たた》えてくれる人がほしくなるのだろうか。

私は何百万もする腕時計なんか全然ほしくないし、高級な食器や着物にも興味がない。そういう当たり前の感情が、お金を持つことによって歪《ゆが》んでいってしまうのだろうか。そうならない自信はある。ほしい物とほしくない物ぐらい判断できると今は確かに思う。けれど、それは私がお金を持っていないから言えることなのだ。

自分に自信がないからだろう、たぶん。服ひとつにしても、もし自分が抜群のプロポーションをしていたら、ジーンズにTシャツだけでも恰好《かっこう》がつくはずだ。小物だって何だって、ある程度の物が揃っていればそれ以上次から次へと買い足す必要はないはずだ。

もし私が山奥で一人暮らしをしていて、お金はまあまあるけれど何かの事情でそこを出られないとしたら、私は通信販売であれこれ買い物をするだろうか。しないと思う。自分の気持ちを慰めてくれるいくつかの物は買ったとしても、見てくれる人がいなかったら流行の服や可愛いだけの小物を際限なくほしいとは思わないだろう。結局、ブツヨクザウルスはミエハリドンの子供なのかもしれない。

古い壺を磨き続ける

中学生ぐらいまで、私は漫画ばかり読んでいた。けれど親に「漫画ばっかり読んでいないで、ちゃんとした本も読みなさい」なんて言われた記憶はない。その証拠に親は自分達が読む『文藝春秋』や『暮しの手帖』といっしょに、本屋から『りぼん』を毎月取ってくれたのだ。毎月三日になると、スーパーカブの音と共に本屋さんが持って来てくれる『りぼん』。それだけでもなんと幸せな幼少時代でありましょうか。

仲のよい友達に親から〝漫画禁止令〟をもらっている子がいた。そういう子ほど漫画が好きで、その子は日課のように本屋に寄って立ち読みをしていた。お小遣いでこっそり買って帰ると、絶対見つかって捨てられてしまうのだと言っていた。本屋に佇《たたず》む、制服姿の背中を見ては、小遣いの使い道ぐらい自由にさせてやれよと、本気で腹がたったものだった。

その後、年を重ねていくうちに、私も大人の言う〝ちゃんとした本〟を宝の山を発見したかのごとく貪《むさぼ》り読むようになった。最初は兄が読んでいたSFだった。それから母が読んでいた推理小説にはまった。その後、自分で図書館を回るようになり、純文学を読むようになった。もちろん漫画を読むペースも落ちなかった。高校生だった私には、面白いものは山岸凉子《りょうこ》であろうがヘミングウェイであろうが同じだった。

今振り返ってみると、特に変わった読書遍歴ではない。ごく当たり前にその年齢なりのものを読んで感動してきたと思う。ただひとつ言えることは、こうやってプロの物書きになってしまうには、あまりにも少なすぎる読書量であったということだ。

自慢にはなりませんが、私は世界のものも日本のものも古典なんて全然読んでいないし、大抵の人が子供の頃にクリアするはずの伝記等も読んでいない。その事を親しい編集者さんに愚痴ったところ、泣きごとを言う前に今から頑張って読みなさいと言われてしまった。そういうわけで、頑張って読んでます。

しかしです。私は本を読むペースがすごく遅いのだ。先日同業者の方と話していたら、その方は週に新刊五冊ぐらいは軽いと言っていたので驚いてしまった。大事な古典はクリアしていないし、資料本だって読まないとならないし、新刊は次から次へとビッグウェンズデーのように押し寄せて来るし、その上読むのが超遅いとなると正直お手上げ状態である。それでも大好きな作家の新刊と、どうしても読まなくてはならない義理のある本は何とか読む。その間に部屋の隅にうずたかく積まれた〝読まなくっちゃいけない本〟を消化していくわけだけれど、読むスピードより積まれていくスピードの方が速いので、蟻塚は高くなるばかりだ。

そして、もうひとつ私の読書には重大な欠点（？）がある。

同じ本を何度も読むのが好きなのだ。例えばご飯を作っている時とか、原稿につまっている時とかに、ふと「あの本のあの場面がもう一度読みたい」と思い立ってしまう。そうなると我慢できなくて、結局その本を頭から全部読み返してしまう。だから大好きな本はもう数えきれないほど読み返している。本だけでなく漫画もそうだから質《たち》が悪い。

私は長いこと、みんなもそうなのだと思っていた。けれど、聞いてみると、どんな本でも一度しか読まないという人は結構多いのである。私の夫は同じ本を二度読まない。それは彼が読む本がほとんどミステリーであるからだと本人は言うのだけれど、私はミステリーだって何回も読む。原尞《はらりよう》なんてもう何回読んだか(新刊が出ないからなんだけど)分からない。犯人が分かっていたって面白い本は何度読んでも面白い。

ある雑誌である作家の方が(それじゃ全然分からんって)人生は限られた短い時間なのだから、一冊でも多くの本を読みたい、そうなると同じ本を二度読んでいる暇はない、という意味のことを書いていらした。それを読んで、ああそれは確かにその通りだなと思った。私がのたのたと何度もクリスティを読み返している間に、他の人は新しい宝の山を見つけているに違いないのだ。

でも、私はいつまでも錆《さび》かかった壺《つぼ》を磨き続ける。そのことによって新しい金鉱を見つけられなくても、それはそれで仕方がないことなのだ。大好きな古い壺はしまっておくだけではもったいない。取り出して眺めて、死ぬまで磨き続けたいのだ。

人には言えないお仕事

私は小説を書くことでお金をもらって生活しているから、きっと「作家」なのだろうと思う。確定申告をする時も職業欄にそう書く。けれど、どうもいまひとつその「作家」という肩書に慣れないのだ。

プロ意識がないせいかもしれない。自覚が足りないのかもしれない。自分を作家ですと言える勇気や自信がないのかもしれない。単に稼ぎが悪いからなのかもしれない。いろんな理由を思いつく。なりたくてなったのだから文句を言っちゃいけないのだろうけど、どうも居心地の悪い肩書だ。特に先生なんて呼ばれると、私のどこが先生だよと内心白けてしまう（でも何故か、先輩作家のことは〝先生〟と呼んでしまうのであった）。

だから、人から職業を聞かれると一瞬私は絶句する。

たまたまデパートの店員に聞かれたとか、風邪ひいて医者に行った時に聞かれたとか、そういう時は「主婦です」と流してしまえばいい。けれど、美容院の人や、これから何度も顔を合わせる可能性のある人は困る。主婦ですと言うと「あら専業主婦？　若いのに働かないの？　楽でいいわねえ」なんて言われるのがオチだ。会社員ですなんて嘘をつくと、ばれた時に気まずくなってしまう。

それで正直に「小説を書いてます」と言うと、今度は相手が絶句する。それから不思議そうな顔をして「それはすごいわね。新人賞に応募したりするの？」と聞く。いえ、もう本が出ていますと答えると「え？　本当に？　ペンネームかなんかで？　なんて名前なの？」と聞く。私が名前を言うと、もちろん知らない。それでその人はとても安心した顔をして言うのだ。「夢のあるお仕事ね。いつか芥川賞でもとれるといいわね」と。

これはすごーく疲れる。きっと誰も悪気はないのだろうけど、あの見上げてるんだか見下げてるんだか分からない眼差《まなざ》しに、とても居心地の悪い思いをするのだ。同じ日本人だと思っていた人が、他のアジアの国の人だったと知った時に、人々はああいう目をするのかもしれない。いい意味でも悪い意味でもあなたは私と違うのね、という目だ。

そんなことを思うのは、私が自意識過剰だからだろう。けれど疲れるものは疲れるから、私は親しくなれそうな人でないと職業を打ち明けたりはしない。

私は二十三歳になるまで、小説を書こうとか作家になろうとか思ったことがなかったので、この業界に関心のない人が、作家というものに対してどういうイメージを抱いているかはよく分かる。

作家というものは印税で優雅に暮らしていて、銀座のクラブで接待されて、担当編集者が菓子折りを持って原稿を取りにきて、いつも〆切《しめきり》に追われていて、山の上ホテルに缶詰にされたりして、出版社のお金で海外に行き放題で、繊細で博識で人柄が良く、電灯に羽虫が集まるがごとくいつでも人に囲まれているものだ。そういうふうに、私だってかつては思っていた。

これは違う。わが身を振り返っても知っている作家の方を見ても、これは全然違う。確かにそういうイメージ通りの作家もいるけれど、そういう人はごくごく一部だ。それ以外の作家は思ったよりもずっと地味だし、世間が言う〝おいしい思い〟なんて全然していない。

それにもっと不思議（不思議でも何でもないか）なのは、そういうイメージがあるわりに、実際には人々は作家に冷たい。作家に限らず、世の中というのは自由業の人間にとても冷たいのだ。子供を産んだ友達が、赤ん坊を連れて街を歩くといかに街の構造が子連れには厳しいものか分かると言っていた。駅の階段のつらさや、理由のない道の段差、おむつを替えるスペースの無さ、そういうことは子供が生まれる前は考えもしなかったとしみじみ言っていた。それと同じで、自由業になってみて初めて社会が自由業の人間を歓迎してはいないのだと知った。

まず、クレジットカードなんて作れない。有名作家のことは知らないけれど、私程度ではあっさり審査に落ちてしまう。それから不動産屋が冷たい。うちは堅い職業の人にしか貸しませんと言われてしまう。仕事が続けてある保証はどこにもない。もし仕事がなくなったって失業保険なんかもらえない。文句を言うのは筋違いなのは分かっている。厭《いや》ならすっぱりやめて会社勤めをすればいいのだ。でも、やっぱり言わずにはいられない。自由業という名前の職業なのに、実は何でも自由にできるわけではないことを。

人々に言われることで一番つらいことは「才能があっていいわね」という台詞《せりふ》

だ。

才能。この何とも恐ろしい単語。自分には才能があると心から信じている作家が、世の中には何人いるだろうか（大勢いたりして）。そりゃ私だって、まったく才能がないとは思わない。まがりなりにも自分の本が何冊か出ているのだから。それでも、いつ仕事がこなくなるかびくびくしている。依頼があっても出版社の要求するレベルのものが書けるかどうかは、やってみなくちゃ分からないのだ。

書けなければお金が貰《もら》えない。お金がなければご飯を食べたり家賃を払ったりできないのだ。それを〝才能〟の一言で片づけられてしまうと本当に泣きたくなる。本当に才能があったら、こんな思いはしていない。それに〝才能〟と〝売れる要素〟とはまったく別のものなのだ。

夢のある職業だとは私も思う。何が起こるか分からないというのは、不安であると同時にとても面白いものだ。けれど個人的には、一攫《いっかく》千金を夢見ている人よりも、毎月財形で二万ずつ貯めているような人の方がほんのちょっと好きなのだ。だからどうも、こういう肩書に慣れないのかもしれない。また、慣れない、ということを大事にしていたいとも思う。

狭い世界

私はとても狭い世界に生きていると思う。

仕事は〝家で原稿を書く〟ということだから、同僚も先輩も後輩も基本的にはいない。同業者や編集者との接触はあるけれど、それも毎日あるわけじゃない。たまには取材だってするけれど、ノンフィクションライターなわけではないから、そうそういつも飛び回っているわけじゃない。日本語しかできないから、外国へはたまーにツアー旅行へ行くぐらいだ。外国どころか日本の中でさえ滅多に旅行しない。

知人の数は多いけれど、その中で親しい人というのは百人いない。いや、五十人いない。その五十人の親しい人間の中で、連絡が途絶えないように気をつけている人は二十人以下だろう。

その二十人の内訳は、両親と兄、夫、幼なじみの女の子達、学生時代の友人、会社やバイトで知り合った気の合う友人、友達夫婦、同業者、編集者というところだ。テレクラで知り合った愛人もいないし、外国籍の友人もいない、大学教授もプロ野球選手もオカマも知らない。

そういうことが、一時私を落ち込ませたことがあった。

このままこういう生活を続けていく限り、私はこの狭い世界から外へ出ることはできないのだと。川崎の2DKのアパートに閉じ込められて、どこへも行くことができないのではないかという不安にかられていた。ものを書くことを仕事にしている以上、もっと広い世界に出ていろんなものを見なければ、この仕事を続けていけなくなるのではないか、と思っていた。

でも私にはバイタリティがない。好奇心はあるけれど、家でごろごろと日向《ひなた》ぼっこをしたりするのが好きで、寝る間も惜しんで動き回ったり本を読んだりするのはできそうもなかった。いや、できないのではなく、はなからやる気になっていない自分が情けなかった。

私は馬鹿なので、なかなかその間違いに気がつかなかった。「ああ、違うんだ。

そうじゃないんだ」と実感したのは、外国へ旅行をした時だった。ワイキキビーチで、サンフランシスコの観光船の中で、バッキンガム宮殿の前で、私は完全に〝ニッポンの団体旅行客〟と化して首からカメラをさげ、パチパチと記念写真を撮った。そして思った。ワイキキビーチでアイスクリームを売る女の子も、サンフランシスコ湾で船を操るおじさんも、声を張り上げるスペイン人のガイドさんも、皆狭い世界で生きているのだと。その狭い世界で一所懸命生きていて、喜びや不満や明日の仕事のことや老後の不安のことなんかを考えているのだと。

ひとりの人間が経験できる出来事はとても限られている。世の中には何カ国語も操り、世界を飛び回っては偉業を成している人間もいるけれど、それはごく少数の才能と体力と使命感に恵まれた人だけなのだ。

誰だって自分の手の届く範囲でしか生きていない。それは恥ずかしいことでも悲しいことでも何でもないのだ。短い一生のうちに関わることができる、ほんの少しの人間、ほんの少しの仕事、ほんの少しの本。それをないがしろにして、何ができるというのだろう。自分の目に見えるものしか信じないとか、受け入れないとか、努力をしないと言っているのではない。あれもこれもと欲張っているうちに、自分が本当に知りたいことが何であったか分からなくなってしまっていたのだ。人間ひとりが持っているバイタリティやエネルギーには限りがある。それを漫然と使っていたら、結局何も手に入らない。自分の好奇心に正直になること。持っているものを大切にすること。

そう感じることができて、やっと私は幸せな気分で昼寝をしたり、歴史の本を読んだりできるようになった。それが、ただの時間の無駄づかいではないことを知ることができたから。

人は何事かを成すために生きてるんじゃない。何も成さなくてもいいのだ。自分の一生なんて好きに使えばいいのだ。

結婚を迷っているあなたへ

人はどうして働かなくてはならないのだろうか。

こういうことを考える時は、疲れていたり仕事が厭《いや》だったりする時だ。仕事が波にのって楽しくて仕方のない時や、仕事が一段落ついてほっとしている時は、そんなことは考えない。

私はとある同業者の人から「フミオちゃんは結婚してるから生活の心配がなくていいよ」と言われたことがある。もちろん厭味で言われたのだ。もしそれが本当にその通りなら腹もたたなかっただろうけれど、全然そうでないので本気で頭にきてしまった。

そういう発言をするということは、その人は結婚したらもうお金の心配はしなくていいと思っているわけだ。お金というのは旦那《だんな》様が稼いできて、自分はもうその義務から解放されるのだと思っているわけだ。

確かに一般的にはそうなのかもしれない。結婚したら大抵の人は子供をつくる。それでもまだ子供をつくるカップルの方が多いだろう。その子供を育てることを、もちろんふたりで平等に分担してやるという方法もあるのだろうけれど、まあ産んだ人がお乳をあげたりおむつを替えたりした方がスムーズではある。女が育児をしている間に、男がマンモスを狩りに行く。それが確かに自然だろう。

けれど、もしその稼ぎ手である夫が怪我や病気で動けなくなってしまったら、どうするつもりなのだろう。頼れる実家があればいいが、ない人だっているだろう。何年も夫がマンモスを狩りに行けなかったら、みんな餓死してしまう。どうにかしなければならない。

もし、結婚を迷っている人がいたら、こう考えてほしいと私は思う。その人のことを養ってあげようと思えるかどうか、よく考えてみてほしい。夫と妻が基本的に平等であるのならば、夫が稼げなかったら妻が稼ぐしか道はないのだ。養ってもらうのはいいけど、養ってあげたくはない。そう思うのなら、その結婚はやめた方がいい。

そりゃ人間には向き不向きがある。多くの男性は家事に向いていないし、多くの女性は一家の大黒柱には向いていない。できる人ができることをした方がいいのだ。けれど、そうは言っていられない場合もある。

私が指摘しないまでも、今はもう女の人もひとりで生きていける時代だ。女を売らなくたって、普通の事務で生活していける。けれど、それはひとりだからできるのだ。結婚して子供をつくったけれど、夫と死別してしまったり別れてしまったりして、ひとりで働いて子供を育てている女の人も世の中には多い。けれどその人達はどんなに大変か。

もし、結婚したはいいが、あなたの夫が「僕、働きたくない。家で家事をしたい」と言ったら、あなたはどうする？　これが逆の立場ならなんとなく許されたりする。「私、パートになんかでたくない。専業主婦でいたいの」と言う妻を責める人がいるだろうか（いや、いるか）。何故男ばかりが絶対働かなくてはならないのだろう。結婚って何だろう。

私が就職した頃は、ちょうど〝女性の総合職〟というのが登場した時代だ。私の世代では、働くことは恰好《かっこう》がいいことだった。下手な男より仕事ができると自負することが恰好のいいことだった。

けれど、最近はまた、専業主婦になりたい女の子が増えているらしい。

気持ちは分かる。痛いほど分かる。

男女雇用機会均等法ができて、とりあえず女の人も男の人と同じ条件で働くことができるようになった。しかし、現実はどうだろう。よほどの覚悟と情熱を持ち、ある意味で繊細な心など捨てない限り、一般企業で男の人と渡り合うのは困難だろう。いくら『日経ウーマン』を読んで理想論を頭の中に作り上げても、今のニッポンの会社には、それだけでは渡れないものがあるのだ。出張があり、転勤があり、根回しがあり、接待があり、残業後のつきあいがある。親父社会というものに、やはり女の人は〝ついていけない〟何かを感じるだろう。

その上、女は子供を産むのだ。産まない人も今は多いけれど、それでも〝一度ぐらい子供を産んでみたいものだ〟という感情を持つ女性は多いだろう。しかし、残業と出張と接待と家事と子育てをひとりの人間がするには、想像を絶するエネルギーが必要だ。

もっともっと沢山の女の人が社会で働くようになれば、少しは違うのかもしれない。ほとんどの女性が何かしら職を持っているという状態ならば、男性も家事やら子育てやらに積極的に参加せざるを得ないだろうし、保育園やベビーシッターなども増えるだろう。

しかし世の中は〝ほとんどの女性が職を持って当たり前〟という状態に向かってはいないように思うのだ。昔ながらに、夫はマンモス狩り妻はおさんどんに子育て、という状態に戻りつつあるような気がするのだ。

社会に出て働けば、自分の負担ばかりが多くなる。その現実に気がついた、いまどきの頭のいい若い子ちゃんは、専業主婦の座を求める。それはそれで、間違ったことだとは思わない。

しかし、実際に専業主婦をしている人の話を聞くと、それほど〝うらやましい〟立場ではないのだ。夫に家で家事をしてくれと言われてしているにもかかわらず、家にあるお金はやっぱり夫の所有財産で、例えば私が旅行に誘っても「聞いてみなければ分からない」という答えが返って来る。私が飲みに行った話をすると「いいなあ」と心からうらやましがる。じゃあ「たまにならいいじゃない、いっしょに飲みに行こうよ」と誘うと「子供がいるから」と悲しそうな顔をする。

専業主婦であることが、ひとつの職業であるならば、何故もっと胸を張らないのかと私は思う。そりゃ、三食昼寝付き旅行行き放題でも料理は冷凍食品のみ、と言うんじゃ胸の張りようもないだろうが（実際そういう人ほど胸張ってるから困る）、ちゃんと専業主婦としての仕事をこなしているのなら、たまには飲みに行ったっていいじゃないかと思う。稼いでいないという罪悪感があるとしたら、専業主婦である本人が主婦という仕事を否定していることになると思う。

その罪悪感を拭《ぬぐ》い去り、気兼ねなく使えるお金や、社会との接点を持とうとパートに出る主婦でさえも、パートに出ることに何か〝遠慮〟を感じている。そりゃまあ、そう簡単に割り切れないのは分かるのだけどね。だいたい「稼ぐ」ことだけが仕事なのだろうか。生産性のないことは仕事ではないのだろうか。

結婚に憧《あこが》れつつも踏み切れない。そういう人が多いのは、まったくもって当然だ。正面切って考えなくても、みんなそういう現実をうすうす感じているのだと私は思う。

パンクチュアル

遅刻をする人間が私は嫌いだ。

そう言うと必ず人はびびる。私だって人からそう言われたらびびる。遅刻をしたことがないなんて人間は、絶対いないだろうから。

あなたは時間に正確ですか、と聞かれて「そうねえ、めったなことじゃ遅刻はしないわね」と言う人間の方がきっと少ないと思う。決められた時間に決められた場所に行くという簡単そうな行為が、何故かとても難しいのだ。

私はめったに遅刻はしない。子供の時からそうだった。学校に遅刻したことはほとんどない。遅刻するぐらいならさぼって行かなかったのだが。勤めだしてからは、何度か遅刻した。これは寝過ごしたのではなく、ひどい二日酔いで起き上がれなかったのだ。

人と会う時も、かなり余裕を持って家を出るので、何か突発的なことがない限り遅刻しない。

あ、でも一度だけ、大顰蹙《ひんしゅく》の遅刻をしたことがある。少女小説を書いていた時代に、地方のイベントへ行くために羽田《はねだ》空港に朝早く行かなければならなかった。その時私が住んでいた場所から羽田は比較的近かったので（それでも、いつもの調子で少し時間の余裕を見て）大して緊張もせず家を出た。適当と思われるＪＲ駅まで電車で行って、何気なくタクシーに乗ったのだ。そしたら、道が大渋滞だった。普段、飛行機に乗る人にとっては常識もいいところだろうが、私は羽田なんていつ行ったか分からないぐらい利用しないので知らなかったのだ。運転手さんを急《せ》かしたところで、裏道だってちゃんと渋滞している。集合時間はとっくに過ぎている。悪くすれば、私が羽田に着く前に飛行機が飛んでしまいそうだった。

この時ほど焦ったことはない。自分ひとりなら、次の便で行けばいいけれど、八人ぐらいの人が私を待っているのだ。まさかこの私がこんなポカをするなんて、と信じられない気持ちだった。その時は結局、飛行機の離陸が遅れていて予定の便に乗れたのだけれど、編集部の人にすっかり信用をなくしてしまった。

自分にもこういう経験があるので、他人の遅刻をそう責める気はない。誰だって、たまにはそういうマヌケをこいてしまうものだ。そう、たまにならいいのだ。たまにならフ。

そうではなくて、待ち合わせをすると必ず遅刻をする、という人間があなたのそばにいませんか？　いるでしょ？　十五分とか二十分遅れて来る人が。そういう人は、みんなもそうだと承知しているから、何回遅刻をしても「あいつはしょうがねえなあ」で許されてしまう。私はそれが気に入らない。

私はそれで、ひとり友人を闇に葬った（大袈裟《おおげさ》な）ことがある。その女の子は、学生時代からの友達で、控えめに表現しても〝かなり仲のいい仲〟だった。恋愛相談もしたし、いっしょに飲みにも出たし、用がなくても電話をして話した。私はその子が結構好きだった。おっとりしているところや、女らしいところが気に入っていた。

彼女の唯一の欠点は、遅刻をすることだった。待ち合わせた時間に現れたことがほとんどなかった。学生の時はまあしょうがないかと思っていたけれど、社会人になっても彼女の遅刻は直らなかった。会社帰りの待ち合わせならば、残業で遅れるのは分かる。けれど、休みの日にも待ち合わせの時間に来ないのだ。彼女との待ち合わせは、通算したらきっとすごい回数だと思う。その中で彼女が時間より早く、あるいは時間ぴったりに現れたことは皆無に近かった。必ず遅れる。それは一時間以上であったり、たった五分であったりしたけれど、それでも彼女は約束の時間に来ることはないのだ。

ある日突然、私は何だか厭《いや》になってしまった。ここまで遅刻するということは、私との約束など大して重大なことではないという意識が彼女にあるからだろうと思ってしまった。確かに彼女と会う時は、重大な用事で会うことはなかった。大抵は遊びに行く約束だった。けれど、悲しくなってしまったのだ。次に会う時もきっと、彼女は約束の時間に現れないのだろうと思うと、次第に会うのが億劫《おっくう》になってきた。そうしているうちに、自然と疎遠になった。今では年に一回会えばいい方だ。

今思えば、ちゃんとそう言うべきだったのかもしれないと思う。言えば分かってくれたかもしれない。けれど、何故か言えなかった。

彼女と疎遠になってしばらく後、彼女の恋人が駅の改札に立っているのを私は偶然見つけた。「彼女と待ち合わせ?」と声をかけると彼は首を振った。このぐらいの時間に、いつもあの子はここを通るから、ちょっと待っていれば会えるかもしれないと思ったんだ、と彼は言った。「男の子にしちゃずいぶんしおらしいことしてるじゃない」と私が言うと、ふたりはいつもその調子なのだと、のんびり笑った。こうやってどちらかが待っている。会えたら嬉《うれ》しいし、会えなくても約束しているわけではないので、それはそれで仕方ないと。

それを聞いて、私は本当に驚いた。世の中にはそういう人達もいるんだなと、感心してしまった。

私は来るか来ないか分からない人を、そうそう待ったりはしない。待っている時間というやつが、とても切ないからだ。私はその切なさを〝甘い気持ち〟に転換したりできない。だからこそ、私はなるべく人を待たせないようにしている。待つ、ということが、私にとってはとてもつらいことだからだ。

街角のいちゃいちゃカップル

先日、何となくテレビを見ていたら、街を歩くカップルのキスシーンをやっていた。テレビ局の人が、その辺を歩いているカップルをつかまえて、カメラの前でキスして下さいと頼むのだ。二十歳前後のカップルは、大してためらいもなくブチューッとキスをする。そのVTRを見ていたゲストコメンテーターが、ものすごく怒っていた。はしたない、見ていて不快だと。

私は煎餅《せんべい》をぼりぼり食べながら、ふーんと思った。ま、他人のラブシーンなんか見たくもないのに見せられたら、確かに不快かもしれない。けれど、それはどうしてなのだろうか。自分だって若い時はキスしただろう。それとも絶対人の目のあるところでは、いちゃいちゃしなかったと言うのか。人の目なんか忘れるほど、傍らにいる人と触れ合いたいと思ったことは一度もないとでも言うのか。

つい先日、知人の女性三人とお酒を飲んだ。皆私よりずっと若い女の子である。十一時ぐらいに店を出て、渋谷の街を駅に向かって歩いていた時のことである。閉店したデパートの入口の所で、学生風のカップルが抱き合っていた。微笑みあってキスを交わし、人目も気にせずいちゃついている。その時、連れの女の子が「なにあれ」と憎々しげに言った。

「ああいうの、本当にやあね」

「ねー、むかつく」

「ホテルに行けばいいじゃないのよ」

と、こうである。お姉さんはびっくりして思わず聞いてしまいました。

「うそー。うらやましくない?」

そしたら「えー? 信じられないー」と罵倒《ばとう》されてしまった。

これが中年以上の人が言うならいざ知らず、二十代の未婚女性が言うのだから驚いてしまう。それって僻《ひが》みなの? それとも本当に不快なの?

見たくもないラブシーンを見せつけられるつらさは分かる。私がまだOLだった頃、毎朝乗る電車に新婚カップルがいたのだ。満員電車の中でふたりはぴったりからだを密着させて、ちゅっちゅくキスをしている。お互いの手はお互いの腰のあたりをさすり「うふーん」だの「いやーん」だの平気で言っている。それでなくても誰もが不機嫌な朝の満員電車でそんなことをやられたら、どんな温和な人だって頭にくるだろう。

でも、私達がいちゃいちゃカップルを見たのは、深夜の渋谷だ。往来の真ん中でやってるわけではないので通行の邪魔にもなっていないし、誰にも迷惑はかけていない。

不幸な時にそんなのを見ると、確かにちょっとむかっとするかもしれない。けれど、彼らは永遠にいちゃいちゃし続けるわけではないのだ。

恋には終わりがある。これはもう地球は丸いとか、大晦日《おおみそか》があけると正月が来るとか、そのぐらいの確かな事実である。恋にはどういう形であれ、終わりが来るのだ。

そう思うと、街角や電車の中でいちゃいちゃしているオメデタイ恋人達にも、温かい目が向けられるのではないだろうか。

恋の初期というのは、本当にすばらしいものだ。世の中のもの、何もかもを肯定する気になれる。元気も出るし、できそうもない事までできるような気がする。好きな人が、同じように自分を好いてくれるという事実に、奇跡を感じる。感謝を感じる。

でも、それは遠くない未来に終わるのだ。恋が終わっても、それがいろんな形の愛情に発展していくケースはもちろんある。けれど、見栄《みえ》も恥も捨てていちゃいちゃできるのは本当に短い期間だけなのだ。

むかつく、と毒づいた女の子の硬い横顔を、私はもう何も言わずに眺めた。あなたにもいつか、まわりが見えなくなるほどの恋が訪れるといいねと。

私は手をつないで歩いているカップルを見ると、すごく優しい気持ちになる。明日のことは分からないけど、とりあえず今この瞬間だけは二人の気持ちが触れ合っているのだと思うと、大袈裟《おおげさ》だけど奇跡みたいなものすら感じる。いつまでも仲良くしてね、と私は見知らぬカップルに祈ったりするのです。

変な恰好

この業界に入る前は、パーティーというものにまったく縁がなかった。会社主催の懇談会みたいなものは何回かあったけれど、それは男性社員が仕事の延長線で行うもので、女の子はスーツ姿で受付をして、隅の方でお寿司でも食べてさっさと引き上げるというタイプのものだった。

だから、この業界に入って初めてパーティーへ行った時は面食らった。ドレス姿の女の人が結構何人もいるのである。そうかと思うと、コンビニへでも行くついでに来ちゃったみたいなジーンズ姿の女の人もいる。まあ落ちついて眺めて見れば、当たり前にスーツやジャケット姿の人の方が圧倒的に多いのだけれど、とにかく今まで自分が経験してきたパーティーでは、絶対見かけない恰好《かっこう》をしている人が多かったのですごく驚いた。

作家のパーティーもすごいけど、漫画家のはまたすごいよ、仮装パーティーだよと人から聞いて、某少女漫画誌のパーティーに好奇心から忍び込んだ（招待されてはいなかったが知り合いにくっついて入った）ことがある。まあ仮装パーティーというのは大袈裟だけれど、確かに「どこで売ってるの、ああいう服って」という恰好の人はいた。

決してそれが悪いと言ってるわけじゃない。人様が何を着ようがそりゃあ勝手である。何でも好きなものを着ればいいよ。

ひとつ言いたいことがあるとすれば、おしゃれって本当に難しいのね、ということだ。

パーティーに限らず、人は服を着る時必ず人の目を気にする。他人にどう見られたいか、意識的にも無意識にも考え服を選ぶはずだ。普通でいたい人はありふれた服を着るし、流行に敏感であると見られたければ流行《はや》りの服を着る。そういうことに無頓着《むとんちやく》な人は、季節や場所をまったく無視した恰好をしている。中学生ぐらいの不良が髪を染めたり、スカートの丈を人と違う長さにしたりするのも同じことだろう。反抗してるんだぞ、というところを見せたいからそういう風に装うくせに、外見で人間を判断して不良呼ばわりするなと泣いたりするところが、可哀相だけれど子供の浅はかさである。知らない人間を外見以外でどう判断しろと言うのだ。人に道を聞く時は、強面の男の人よりも、気のいい奥さん風の人を誰だって選ぶだろう。

自己顕示欲というのは誰にでもある。これはもう人間に生まれてしまったからには仕方がないことだと思う。目立ちたいという気持ちは、決して恥じるべきものではない。奇抜な恰好をしたりするのは恰好悪い、目立ちたくなんかない、とトラッドっぽい恰好をしている人でさえ、自分は人とは違ってセンスがいいのだと優越感みたいなものを持っているのだと思う。もう一度言うけれど、それが決して悪いと言っているわけではないのだ。

作家や漫画家、あるいはデザイナーであるとかコピーライターであるとか、ものを創作するような仕事をする人間は、自己顕示欲が強いと思う。いや、かたまりだと言っていいだろう。自分の中にあるものを形にすることによって生きているのだから。派手さばかりが自己顕示欲ではない。わざと地味に装う主張の仕方というのもあるのだ。業界のパーティーというのは、そういうわけで派手と地味が極端なんだろう。

しかし、おしゃれというのは持って生まれたセンスと訓練が必要なものだ。私が十代から二十代前半の頃、ＤＣブランドが全盛だった。だから今考えると随分変な恰好をしていたと思う。デザインの凝った服というのは、ただ着れば恰好がつくわけではないのだ。プロポーションと、コーディネイトの訓練と、ある種の雰囲気を持っている人間でないと絶対に似合わないのだ。

以前、夫からはっきりそれを指摘されたことがあった。まだ私がこの仕事をはじめたばかりの頃、ちょっとしたテレビの撮影があった。本当にちょろっと出演するだけだったのだが、それでもテレビに映るのだからと、私は買ったばかりのY'sかなんかのシャツを着た。出掛けようとする私を彼は引き止め「そんな恰好でテレビに出るな。みっともない」と言ったのだ。当然喧嘩《けんか》になった。

でも、夫があまりにも変だと言うので、不安になって普通のサマースーツに着替えて出掛けた。通勤にいつも着ていた無難極まりないスーツである。ところが、そのスーツいいわね、と現場で褒められてしまったのだ。あーらまーである。ちなみにそのY'sのシャツは、結局誰に聞いても〝変な服〟と言われ、二、三度着ただけで闇に葬ってしまいました。

その〝変な服でテレビに出るな事件〟以来私は多少己を知った。まず私には悲しいかな洋服に対するセンスがあるわけではないことを認識した。その上背も低いし、決して痩《や》せてはいない。撫《な》で肩だし顔も平凡だ。どう考えても、難しい服を着こなしたりはできないのだ。それからなるべく〝誰が着てもそうおかしくない服〟を買うように心がけることにした。主義主張があっておしゃれをしているわけではないのだから、「あの人、変な恰好」と知人から思われるのだけは避けたかったからだ。

申し訳ないけれど、パーティーへ行くと変な恰好の人が何人もいる。それも、変な恰好をしている人はいつも同じ人だ。それと同様に、決まっている人はいつも決まっている。そういう人は目立たないけれど、よく見るとすごく恰好がいい。女の人に限らず、男の人でもそうだ。普通にスーツを着ている男の人でも、外しちゃってる人と決まっている人がいるから不思議だ。

変な恰好をしている人の家には、きっと魔法の鏡があるのだと思う。アッキ・オオニシのワンピースを着た汚れなき少女の自分が映る鏡や、ジーンズにワークシャツだけで色っぽく見える鏡や、カクテルドレスの背中が女優のように映る鏡があるのだと思う。そこには決して、本当の自分の姿は映らないのだ。

人の振り見て我が振りも直そうと思う今日この頃です。

三十歳になるまで症候群

三十歳になるまで症候群、というのを雑誌で見た。何でも症候群にしてしまうやり方には飽き飽きだけれど、これには腕を組んでウンウン頷《うなず》いてしまった。三十歳。なんとも言えないこの響き。これから、この年齢を迎える人にとって、やはり意識しないではいられないラインに違いない。

三十になると何かが終わる、何かというのは何だろう、それはやはり二十代でありましょう、では二十代とは何ぞ。思わず禅問答してしまう私であった。

しつこく言うけれど、私はものごとをうじうじ考え込んでしまうタイプなので、二十九歳になった瞬間から、あと一年で二十代が終わってしまう、やり残したことがいっぱいあるような気がする、どうしようどうしよう、とおろおろしてしまった。その上冗談みたいなんだけど、私の誕生日は十一月十三日で、三十歳になる年の誕生日が『十三日の金曜日それも仏滅』だったのである。これはもう暗黒の三十代を示唆しているに違いない。

三十になる前に結婚したい、三十になる前に子供を産みたい、三十になる前に仕事である程度実績を作りたい、とひとつの区切りとして考えてしまう人は多いだろう。「年齢なんて関係ない、そんなの意識していない」と言う人もいるだろうが、そういう俗世間など超越した人は勝手に涼しい顔をしていて下さい。

三十歳。それはやはり、何かのラインではある。

私はずっとずっと、三十代になったらもう完全に大人だと思っていた。大人という定義は人によって違うだろうが、ある程度の安定（精神的にも経済的にも）を手に入れている人間が大人なんだと私は思っていた。けれど、いざ三十年生きてみると、全然何も持っていない自分に愕然《がくぜん》とした。

気を取り直そうと、私はその雑誌（日経ウーマンである）を置いて、洋服でも見るかと他の雑誌（モアである）を広げた。そしたらそこにジョディ・フォスターのインタビュー記事を見つけた。映画『羊たちの沈黙』に主演したあのジョディ・フォスターである。私は彼女のプロフィールを読んで、思わず「げ」と呟《つぶや》き、雑誌を手から落とした。

ジョディ・フォスターと私は同じ年の同じ月に生まれていたのだ。それも、彼女の方が私より六日後に生まれている。こ、この違いはいったい……？

そりゃまあジョディ・フォスターと比べること自体が大きな間違いなんだけれど、それにしても向こうはエール大学を出て、芸歴二十五年でオスカーをふたつも取って、映画監督としても高い評価を受け、今や会社を設立してその役員として活躍している。美貌《びぼう》と知性と仕事の実力。同じだけ同じ地球の上で生きてきたのに、この違いはいったい何？　である。

そこまでスーパースターとではなく身近にいる人と比べても、私は本当に何もできない。車の運転も、スキーも泳ぐことも、おいしい料理を作ることも、作家としての実力も安定も何も持っていない。三十歳になったのに。大人になったはずなのに。

思うに、若さというのは、何でもできるパワーがある反面、油断だらけでもあるのではないか。私はすっかり油断していた。充実している顔をして、一日一日が楽しければそれでいいと（もちろんそれでもいいのだけど）言い訳して、何もしてはいなかった。

何しろ私は若いのだから、これからいくらでもやりたいことができる。そう思って暮らしていた。そのツケが回ってきたのだ。

三十歳を〝もう若くない〟と言いきるのは疑問もあるけれど、確かに長期的な展望に基づく何かをするには、まだまだ余裕があると言える年齢ではない。

二十代の頃は、花の咲く野原で遊んでいられた。野原のまわりにはいくつも美しい山がそびえたっている。いつか山に登ってみたいという願望はあったけれど、どの山に登ったらいいか決められなかったし、蜜蜂《みつばち》と遊んでいる方が楽で楽しかった。そうしているうちに、決断の早い人はもう山を選んで五合目あたりまで登っている。そろそろ山に登りはじめないと、頂上まで行きつく体力がなくなってしまう。それでもぐずぐず選択に迷っていたり、山に登って広い世界を眺めてみたいと思いながらも、坂道の苦しさを考えてうんざりしているうちに、野原の花が枯れはじめる。吹く風はいつの間にか冷たく、たくさん飛んでいた蜜蜂ももういない。私が三十代の頭に見た風景はそういうものだった。

若さがなくなると同時に、それに代わる魅力を自動的に得られるのだとばかり私は思っていた。

けれど、山は自分の足で登るものなのだ。エレベーターなどついていない。野原の花は次々と枯れていく。そこで一生ひっそり暮らすことも可能ではあるが、お山の上にある花畑に、私はやはり行きたい。いや、あると聞いてはいるけれど、本当にあるかどうかは分からないお花畑。そこへ向かって、私もあなたも坂を上りはじめるのであります。

お山に登りはじめた私は、その斜面のきつさに毎日ぜいぜい言っています。かと言ってもう引き返すこともできません。お花畑は本当にあるのでしょうか……。

あとがき

運命という言葉が、昔大嫌いだった。
小説や映画の中にその単語が出てくると、それだけでうんざりした。
不幸な出来事を『運命』のせいにするのは、ただの言い訳だと思っていた。
運命なんてありはしない。成り行きというものはあっても、運命はない。
努力さえすれば、力さえ身につければ、一本道も枝分かれするものと信じていた。
でも、やはり運命はあるのだ。
人間が持って生まれた運命を、三十路《みそじ》の私はみっつ発見した。
その一、人は必ず死んでしまう。

その二、人は自分を表現せずにはいられない。

その三、人は人から愛されたい。


ああ、運命だ。逃れられないのだ。

どんな人でも衣食住がとりあえず足りれば、次は人から〝自分〟というものを認めてもらいたくなるものなのだ。

仕事で、趣味で、他愛ないお喋《しゃべ》りの中で、人は自分を表現する。どんなに無口でおとなしい人でも、やはり黙っていることで表現しているのだ。

そして、自分というものを愛してほしいのだ。

好きになってほしいのだ。誰かに。自分以外の誰かに。

死んでしまう前に。


人から愛されたいとか、好かれたい、という気持ちを、私は長いこと心のどこかで恥じていた。

私のような者が、人様から愛されたいなどと思うことは、ずうずうしいことなのだと思っていた。

でも、いくら否定したところで、諦《あきら》めようとしたところで、その気持ちが色褪《あ》せることはなかった。きっと、老人と呼ばれる年になっても、死の間際にもその気持ちは変わらないだろうと思う。

この情熱はなんなのだろう。

朝、目覚めた瞬間に思う。昼間、ふと仕事の手を止めて思う。夜、テレビを見ながら思う。

誰かのことを思い切り好きになって、その誰かから思い切り好かれたいと。


私には愛情を注いでくれる両親がいる。

心を開ける友人がいる。

住む所も、食べる物もある。お金を貯めれば旅行にも行けるし、流行の服を買うこともできる。


なのに、それだけでは足りないのだ。

まだ欲しいものがあるのだ。
どうしても、諦めることができないのだ。
この哀しい欲求は、運命に違いない。

化粧で飾り、新しい服を着て、嘘の言葉を並べたてた私ではなく、
パジャマですっぴんの私を好きになってもらうには。
表現するのだ。本当の自分を。
言えなかった沢山の言葉の死骸《しがい》のために。
叶《かな》えられない運命のために。

一九九三年　夏

山本　文緒

46歳

作家であることに未だに慣れない

さて、この原稿を書いているのは二〇〇八年の十二月末です。

この仕事をはじめてちょうど二十年くらいたったところです。病気をして四年ほど休んでいたのですが、今ではすっかり完治して今年はだいぶ働きました。

私生活の方では二度目の結婚が今のところ安定して続いており、もうすぐ七年になろうとしています。あいかわらず東京の小さいマンションで日々暮らしています。

あともう少しで年が明けるというのに、大掃除も年賀状もできていません。夫は今スキーへ行ってしまって留守にしており、年末の東京に一人でいます。久しぶりに一人きりで過ごして、解放感と物足りなさの両方を感じているところです。

十五年前に書いた『かなえられない恋のために』、読んで頂けたでしょうか。

本文を飛ばしてここから読んでいる方も多いと思いますが、お時間ありましたら前の方から読んでみてください。私も今さっき再読し終わりました。乱暴なところもありますが、思ったより面白かったですよ。直せるところは直しましたが、どうにも直しようがないところはそのまま残してあります。すみません。

では後日談というか、当時のことで思い出したこと、そして読み返してみて改めて考えたことなどを書いてみたいと思います。

＊

まずタイトルなのですが、私は一番最初この本には『かなえられない運命のために』というタイトルをつけていました。

最初に依頼をくださった女性編集者から、これでは恋愛エッセイとしては弱いので「運命」の部分を「恋」に変えたらどうかと提案され、なるほどと思って出版するときに変更しました。

でも本心は変えたくなかったんです。その頃恋愛エッセイ本というのが、いちジャンルを確立するくらい大流行しており、無名の新人作家だった私は一人でも多くの人に自分の本のことを知ってもらおうと思っていたので、タイトルを女の子向き（恋愛エッセイ風）に変えることくらいは納得しなくてはならないと自分に言い聞かせたのです。

作家によってタイトルのつけかたは様々ですが、私の場合はまずタイトルありきです。新人の頃、タイトルは保留にしておいて書き進めていく過程で考えたりもしていたのですが、それだとどうもしっくりきませんでした。たとえばペットを飼うことになったら最初に名前を決めますよね。そんな感じで作品には最初に名前を決めないと育てにくいんです。

自分の著作の中で担当編集者がつけたタイトルは一作だけ。『ブルーもしくはブルー』です。このとき最後までうまいタイトルがつけられなくて、編集の人とタイトル会議をして何本も出し合った結果、彼が出したこのタイトルがダントツによかったのでそうなりました。そんなことを覚えているくらい、人にタイトルをつけられたということが不本意だったのです。自分の家族によその人から名前をつけられちゃったような感じですか。

で、本作ですが、今回の二次文庫出版にあたって大幅に手をいれていいという
ことになり、それならタイトルも元々のものに戻したいと思って打ち合わせの席
でその旨伝えました。そうしたら編集の人達は何も言わなかったのに同席してい
た私の秘書だけが「えー？　変えない方がいいですよ。かな恋（彼女はこう略し
て言っている）っていいタイトルじゃないですか」と断言したのですね。
そ、そうですか、わかりました、とその勢いに押されて、何日も考えてきた提
案を咄嗟《とっさ》に引っ込めてしまいました。イヤなことはイヤとわりと言える私です。
だからイヤではなかったのですね。彼女は編集者より読者に近いところにいるの
でスパッと言えたのかもしれない。自分の意見を通すことと、意固地になること
は違うことだということを思い出した瞬間でした。
新人の頃は編集の人がタイトルにもプロットにも細かい表現にも意見を言って
くれたのに、今ではそういうことはほとんどなくなりました。もちろん、仕事の
隅々まで自分の意思を通せるようになりたくて頑張ってやってきたことなのです
が。でも何も言ってもらえなくなったことの恐さというのを、今回感じました。
どんな仕事をしている人でも、長くなってくれば正面切って何か言ってくれる

人が減るんだと思います。そして真っ正面から言わない分、人は見えないところで何かを言っているのでしょうね。それも恐いことのひとつです。

＊

「はじめに」のところで、まず容姿のことについて過去の私はぐだぐだ言ってましたね。

三十一歳だった私は心のどこかで、容姿さえもっと良ければいろんなことがうまくいくんじゃないかなあ、と思っていました。うまくいかない物事を見かけのせいだと思いたかった。でも、もちろん本が売れないのも結婚生活が破綻《はたん》したのも容姿の問題ではありません。

今はもう私は容姿のことで悩んだりはしません。こんなことを言うと「いや、だいぶ悩んだ方がいいよ」と思うお嬢さんもいらっしゃるでしょうが、この容姿で本人自身が不便を感じず生きていますので放っておいてください。年齢を経るというのは悪いことばかりではないなあと思うのは、こういう気持ちが明確になったりすることです。

病気をしているときに体重がずいぶん増えてしまったので今ダイエット中です。でもそれだってそこそこでいいと思ってます。そのへんで売っている洋服が入るサイズなら問題なし。速く走るわけでも上手く泳ぐわけでもグラビアを飾るわけでもありません。顔には皺《しわ》もたるみもありますが、なにも悪いことをしてそうなったのでもないし、実年齢より若く見えなければならない仕事をしているわけでもありません。もう不特定多数の男の人から恋愛感情を持ってもらおうとしないでいいので（平たくいうとモテなくてもいいということだ）、体が健康ならばそれでいいです。見た目の問題よりも、体力低下とか体の凝りとかの方が目下の悩みです。

なんか悟りきったようなことを言いましたが、基本はそう思っているということで、まったく何も気にしてないってわけではないですよ。同じくらいの歳の人の、鍛えられた体とかすっきりした顎《あご》の線とか見ると、ストイックな生活をしてるんだろうなあ、すごい努力してるんだろうなあと感心します。そして自分の姿を鏡で見て自己嫌悪に陥ったりもします。

小説を書くのを仕事にしていると写真を撮られることが意外に多いです。新刊が出ると取材をして頂けたりして、そこでインタビューカットを撮られ雑誌などにそれが掲載される。新刊を紹介してもらえるのは本当に嬉《うれ》しいですが、写真は撮られるたびにいやな汗をかきます。写真そのものが嫌いなわけではないです。どちらかというと私は写真が好きで（撮られるより撮るのが好き）、日常的に写真を撮って残しています。

だからそのいやな汗は、無防備な自分の顔写真が流通することなんだと思います。

作家なんだから仕方がない、とか、有名税だ、ありがたがれ、と思う人もいるかもしれません。全然抵抗のない作家の人もいると思います。私程度の作家は顔写真が雑誌などに載るといってもほんのたまにです。街で声をかけられることもないです。

それでもインターネットで検索すれば出てくるし、そこには匿名で忌憚《きたん》のなさすぎる感想が書いてあったりもします。

自分のことを私はそのへんにいる普通のおばさんだと思います。四十六歳ですよ。年相応に生活してますよ。だけど普通のおばさんと違うところは、見ず知らずの人にあれこれ言われるということです。

　芸能人があれこれ言われるのはある程度仕方がないことかもしれない。彼らは容姿が商売の一部ですから（でも傷ついているはず）。そういう意味で私は作品について何か言われるのは本望だと思うけれど、容姿について何か言われるのはやっぱり慣れません。慣れていこう、気にしないようにしようと思ってきましたが、二十年やって慣れないものはもうこの先も慣れないでしょう。

　心の中で何か思うのは自由です。でも本人を傷つけようと意図しているとしか思えない発言が耳に届くと、人間だから何日も落ち込みます。

　だったら写真を断ればいいわけですね。今まではそれができませんでした。だって顔写真を載せられたくないって新人作家が言うのも偉そうじゃないですか。それに、ありのままの姿が写るのをいやがるのも自意識過剰みたいだし。顔写真があった方が人となりも分かるし記事も大きくなる。そのほうが広告効果もあると言われれば頷《うなず》くしかなかった。そうやってはじめてしまったことを長年やめられないできました。急にゼロにすることは無理ですが、これからは写真をできる限り減らしていこうと思います。

人の容姿のことをいろいろ言いたい気持ちになるっていうのはどんな心理状態なのか興味深くはあります。そういう負の心理こそ、私が小説に書いてきたことだし、これからも書いていくであろうことだからです。

私も雑誌などを見て、誰かの写真に違和感を覚えることがあります。それはどういうときかというと、うーんと、たとえば美人ではない人が美人風の発言をしていたりするとき？　あ、自分もそういうことをしてしまったことがあるかもしれない。なるほどだから悪く言われたのか！　なるべく出ないことと、美人風の発言（ってどんなだ？）をしないことに気をつけていこうと思います。

これって後ろ向きな考え方ですか。後ろを向いたら駄目ですか。まっすぐ前しか見ないような人間じゃないと小説を書いたら駄目ですか。

悩んでないことを、悩め悩めって暗に言われるのが最近はとても苦痛です。それは容姿の問題だけじゃなくって、もっと働けとか、もっと食えとか、もっと買えとか、もっと笑えとか、もっと幸せになれとか、テレビを点《つ》けてもネットを見てもなんだかうるさくて仕方ない。

私は慣れてなんかやらないです。慣れることは許すことだと思うので。

意見、提案、批判、悪口。そういうものは似ているようで違います。以前はその違いがわかりませんでしたが、そのあたりを見極めていきたいと思います。

＊

この本が出たあと、「悪霊ケッコンガンボー」の章を読んだとある若い女性編集者が、自分は結婚願望に振り回されている気がするのでこの部分を膨らませて一冊の本にしてみませんか、と依頼をくださったことがありました。

それが『結婚願望』です。結婚について綿々と語っていますので、ご興味がありましたら読んでみてください。

一度目の結婚に失敗したあと、もう結婚なんかには興味ないみたいなポーズをつけていたときもありましたが、今はもう堂々と言います。

私は結婚が大好きです。結婚している状態がとても好きです。

だからせっかく好きな人と結婚したのにそれが危うくなったとき、私はこの世の終わりのように悲しかった。独身のときもそれなりに生活を楽しんでいたことは確かですが、なんだか落ち着かなかったです。

ステディな恋人がいても落ち着かなかった。私は恋人じゃなく夫が欲しかった。つまり夫になる可能性のない恋人はいらなかった。今ならそうだったんだとはっきりわかります。人間ほんとに自分のことって（特に渦中にあるとき）わからないものなんですね。

なんで恋愛がうまくいかなかったのか今頃になってわかりました。私は恋愛なんかしたくなかったんです。ただよい伴侶《はんりょ》を捜していただけ。お見合いすればよかったんです。

子供の頃から私は結婚したいと思っていました。理由もわからず漠然と。大人になって思うようにいかなくてその気持ちを否定したかったけれど、やはり私は結婚したかった。

どうしてなんでしょうか。たとえば私は子供の頃から動物が大好きで（しかも多頭飼いするより一頭を集中して可愛がりたいタイプ）犬やら猫やらを可愛がってきました。ペットと伴侶を一緒にするのはどうかと思いますが、ひとつのものに愛情を注ぎたいという欲求が同じように私の中にあって、そういう利己的欲求で結婚をしたかったのかもしれません。

エッセイの中で「結婚しても恋愛地獄からは逃れられない」と書いていますが、そんなことはなかったです。むしろ逆。自分にちょうどいい結婚が今できているので、私は恋愛地獄から逃れることができました。心の平穏を経験して、私は生まれてはじめて子供がほしいかも、という気持ちを味わいました。遅いです。四十六歳です。

今の夫ならいいお父さんになりそうだし、彼が赤ん坊をあやしたりしているところを見てみたいです。自分達の子供というのはきっと可愛いでしょうね。あーかわいがりてえ！　ふにゃふにゃの赤ん坊がすくすくと育って青竹みたいな中学生になるのを見届けてえ！　世の中のお母さん達の多くがこんな気持ちだったんですね。知らなかったです。

この歳になってやっと子供が欲しい、という気持ちがわかってよかったです。産めなくて残念という気持ちより、わかってよかったという気持ちが大きいです。わからないといけないとか、そういう気持ちになるべきとか言ってるのじゃないですよ。

不思議な感触です。不思議な体験です。今の夫と知り合わなかったら、もしかしてこんな発想が生まれることはなかったのかもしれません。

これからも先も、きっと想像もしなかったいろんな気持ちを体験していくのでしょう。それが楽しみです。

＊

この本を書いた頃の心情は「書くしかないの」の章に凝縮されていると思います。

書かない私には魅力がない。書かない私には価値がない。そういうふうに当時思い込んでしまって、それは長く長く自分を苦しめました。

今は思ってませんよ。書けるなら書いた方がいいだろうくらいな感じです。この仕事を天職だと思っていたこともあるのですが、今はそうでもないです。この際明言しますが、文学って何だか私にはよくわかりません。書けば書くほどわからなくなる。たとえば親の死に目にもあえないような覚悟で文学はやらねばならぬ、〆切《しめきり》は三度の飯より睡眠時間より優先される、という考え方に私は馴染《なじ》めません（だから文壇というものに馴染めないのかも）。

仕事だから、そりゃ一所懸命やります。でも違和感は二十年たっても抜けないんです。作家であることに未《いま》だに慣れない。きっと慣れることはもうないでしょう。

「人には言えないお仕事」で、十五年前の私は美容院での葛藤《かっとう》についてぐだぐだ言ってますが、現在でも同じような葛藤を持ち続けています。うまくやる術は多少覚えましたが根本的には解決されてないんです。

私の職業に〝慣れてくれた〟美容師さんに長いこと髪を切ってもらっていたんですが、その方が海外留学してしまったのでまた私は美容院ジプシーに戻りました。新しい美容院へ行き、職業を聞かれると面倒になってまた美容院を変える、という繰り返しでした。旅先で切ったりするのも自分の中で流行《はや》りました。これはなかなかいいアイディアです。シャンプーとカットを旅先でしてもらうと楽だし、旅行者だと言えば地元情報を親切に教えてもらえます。

でも美容院に行きたくなる度に旅行に行くわけにもいかないし、第一私が美容院へ行かねばならないときというのが、取材などで写真撮影があるときがほとんどなので、やはり近所じゃないと困るのです。容姿をあんまり気にしていないと言っても、写真が雑誌や新聞に載る以上清潔にこざっぱりしていなきゃ失礼でしょ。で、試行錯誤の結果、今は二軒の美容院を交互に行っています。その二人の美容師さんはそれぞれ性別も年齢も店の規模も違うので、そのときどきに合わせて行くことができます。続けて行かないのでいつも来るお客さんとして認識されなくていいです。

なんでそんなまどろっこしいことをやっているかというと、やっぱり私、覚えられることが苦手なんですよ。

それと、世間話の一環として、仕事のことを聞かれるのがとってもいやです。嘘をつくのも面倒くさいし、本当の職業を言うと珍しがられるし。うっかり本を読まれて、髪を切りながら「なかなか面白かったですよ」なんて言われたこともあります。あなたもカットなかなか上手ですよってこちらも言おうかと思いましたが堪《こら》えました（写真を撮られることをやめればそんなストレスもなくなるわけだ！)。

美容院に限らず、喫茶店とか飲み屋とかでもできれば覚えられたくありません。私は行きつけの店というのが苦手です。そういうのを一切作ったことがない、というわけではないです。そういう店もありましたが、仲良くなりすぎて最後の方はもう義務感で行ってるみたいになって何だかわからなくなってました。そう、仕事がどうのこうのじゃなくて、しがらみたくないのです。

だから私は東京が好きです。しかもマンションが好き。いざとなったら引っ越せる、という感覚や、集まって住んでいるからこその〝知らんぷり〟具合が正直言って楽で好きです。

今住んでいるところがとっても気に入っているのは、家を出てぶらぶら歩いていける範囲に私好みの店があるからです。実名で挙げてみますと、スターバックス、エクセルシオール、ベローチェ、デニーズ、ジョナサン、ツタヤ、天下一品、大戸屋、マクドナルド、モスバーガー、サブウェイ、オリジン弁当、ユニクロ、無印良品。

ここで誤解のないように付け加えますが、それらの店に毎日のように行ってるというわけではないです。基本的に私は自炊生活だし、親しい人と行くのはチェーン展開でない喫茶店やご飯の店です。

でも一人で入る店はそういう所が気楽です。だってね、一人で〝ちゃんとした店〟に通うと覚えられちゃうじゃないですか。私は距離を保っていたいんです。スターバックスの隅っこの席で本を読んだりなんか書いたりして、匿名というぬるま湯に浸《つ》かっていたい。

私は横浜市出身なので、別に東京じゃなくてもある程度の都市であればそこそこ匿名性を守れることは知っています。でもやっぱり東京は身を隠せる場所の多さが違う。私が育った町にはマクドナルドとデニーズが一応あったけれど、知人がバイトしてたりして落ち着きませんでした。ではチェーン展開でないおいしい店とか落ち着く店があったかというと一軒もない。スーパーも遠い。公園もない。和める場所は家の中だけ。その家ですら、押し売りみたいな飛び込みの営業マンが毎日のようにチャイムを鳴らしてきてうるさいわけです。

人との距離が自在に取れる東京という街を私はこのように気に入っていて、大変くつろいで暮らしています。着るものはユニクロと無印でオッケー。朝早くから夜遅くまで地下鉄ですいすいどこへでも行ける。人にまぎれてぼんやりと生きていけるでっかい東京。

そんなふうに思っているのは嘘ではないんですが、ふっとこんなことを一生続けていくんだろうかと思うことが最近あります。また違和感です。

どういうときにそれを感じるのかというと、窓にかけたレースのカーテンが排ガスで真っ黒になっているのを見つけたときや、不快指数上がりっぱなしの長く息苦しい残暑の九月や、駅のホームに吹き付けるビル風に凍えているのに、春の訪れを花粉の飛散予報で憂鬱《ゆううつ》に迎えなくっちゃならないときなんかに。レンタルビデオ屋の棚は次から次へと新作が入れ替わり立ち替わり。丈夫で長年着られるはずのユニクロのフリースはワンシーズンで飽きて、どっこも悪くなってないのにクローゼットに押し込められて、安かったからいいや、また一九八〇円で買えばいいやって。

なんかどっか変になっている。誰も無遠慮に踏み込ませないことの引き換えに、結構いろんなことを犠牲にしているのかもしれない。

根を張りたいのか張りたくないのか、自分でもよくわからなくなっているんです。いい大人なのに。これって匿名で書いているブログのアクセス数は増やしたいのに、見ず知らずの人からのコメントがうざったく感じるようなことにすごく似ているような。

いつまでも煮えきらなくて、特定されると逃げられない気がして、顔と名前をかくして悪口ばかり言う掲示板の誰かとメンタリティはそんなに違わないのかと思うとぞっとする。

東京を離れることなど考えたこともなかったし、離れる勇気もないのだけれど、もしかしたら本当は私、ずっとおんなじ美容院に行きたいのかもしれません。

十五年前に書いた「狭い世界」の章を読み返して、十五年前の私に叱られているような気になりました。私もそろそろちゃんとひろげた風呂敷《ふろしき》を畳んでいったほうがいいような気がしています。

二〇〇八年の年末、一人で過ぎた〆切の原稿をぽちぽちパソコンで打ちながら、こんなふうなことを考えました。

またこの文章もいつか私は面映《おもは》ゆく振り返るのでしょうが、ここまで読んでくださったあなたはまた別の感想や感慨を持っているのでしょうね。
エッセイは苦手ですが頑張って書きました。全部読んでくださりありがとうございました。また書きます。

二〇〇八年大晦日　山本文緒

解説、のようなもの。

伊藤理佐

あれは何年前でしょうか
ねーねー直木賞とった人がリサのマンガほめてるよ
直木賞……?
おお!! こりゃ将来直木賞だ!!
父
作文
こどもの頃
…の、直木賞?
そ、そーだよ
その記事は山本さんに質問形式のインタビューで
A「今年おもしろかった本は?」
Q「マンガでもいいですか? イトウリサの「やっちまったよ一戸建て!!」です」
その時の感想
へえー「正直」な人だなあ
何様ですか? って話ですが
直木賞とるような人ってもっとむずかしい本よんだり、かっこいいこと言うと思っていたんでした
で、ほめられたもんだから読み出す。
本

あるある 本、いっぱい ある””
う、うれこ!?
しらないのはわたしだけ…
山本さんのエッセイの中には「今の自分」と「ちょっと過去の自分」と「ちょっと未来の自分」がいました。
あるある
そうそう
そっかあ
自分の着るへんな服のこと
説明のめんどくさい「職業」のこと。
30前にみたお花畑のこと、
その中で
ばたーん
トビラがいきおいよくあいた…
そっかあ
こんなイメージでよんだのがこの本の中の『狭い世界』
わたしはその頃、久しぶりに会った恩師に
どうしてリサはそういう仕事なのに色んな所へでかけないの?
結婚もしてないし※ 外国にも住めるんだよ 色んな人に会って色んなものを見て
じゃないと今の仕事は続かないよ?
と、言われて
…そうかも しれないけど

※まだしてなかった

「なんかそれはちがう…」と思っていたんだけど何がいいたいんだかわからなかったのでした…
もやもや
これこれ!!
わたしの言いたかったのはこれ
先生、読んで!!
す
このように山本さんにうなずいていたわたしが
ふんふん
仕事でお会いしたり
今、なんと一緒にお仕事させてもらっているのですが
読者さんの「悩み」に文とマンガで答える、というもの。
それは相談したりしてなくて先にゲンコウがくるとかでもなくて「いっせーのせ」で同時に出して答えがふたつある企画で
ぴー
山本さんの
ドキドキしながら自分の「答え」と「答え合わせ」したりしていて
ぷぅ…
ちがうこといってない…

みたことないけど「ライオンキング」のきもちで…
しかしまだ
だれも読んでない
山本文緒の文を
読めるって…
うおーん
Faxから
おもしろい文が
ただで!!
だれよりも
先に!!
※正しくは
へんしゅーさんがよんでます
こういう時
時々思い出すのが
一番最初に
会った時のこと
です。
ざっしの対談
でした
(山本さん…)
ドキ
ドキ
今日はよろしく
おねがい
しまーす
んん?
おまえが
伊藤理佐か?
ショーコが
ないなー
ぷっ
… … .

おまえが山本文緒か?
ショーつはあるか?（マネ）
ひー!?
うははは
おいこら
今でもわたしは時々思います…
この人山本文緒か?
ショーつはあるか?
そして
○○が△△だ
ピリッとしたこと。
あー山本文緒だー
と、思う
ドキ
しかし2人きりで会うと中学生のカップルみたいなわたしたち…
なんと先日2人で初めてお茶しました
こ、こんどふたりだけでごはんを食べにいきませんか
え―♥
はい♥
も、もしかしてこれから付き合うのか?わたしたち!!
ドキ
ドキ
と、勝手にドキドキしています…

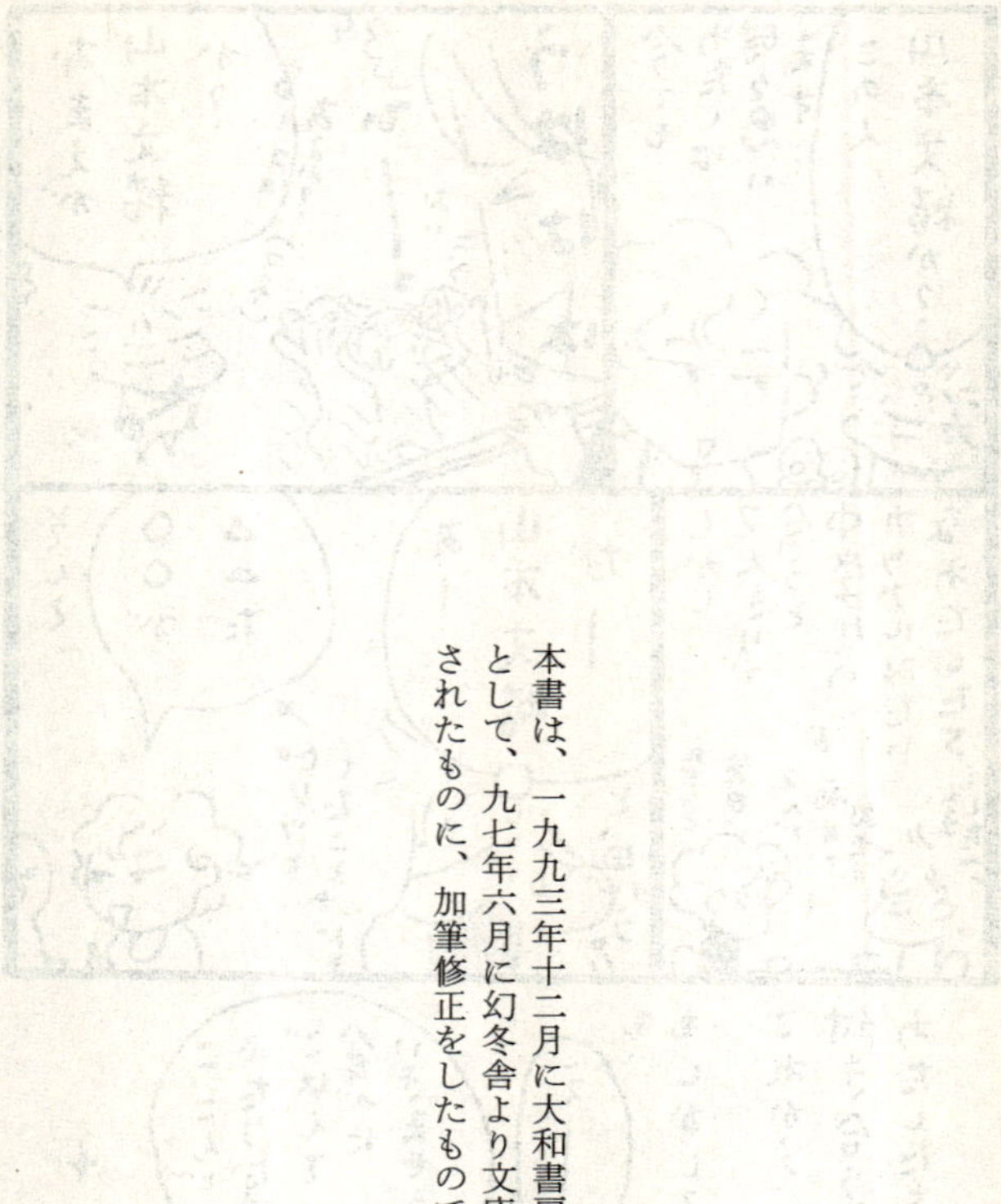

本書は、一九九三年十二月に大和書房より単行本として、九七年六月に幻冬舎より文庫として刊行されたものに、加筆修正をしたものです。

かなえられない恋《こい》のために

山本文緒《やまもとふみお》

平成21年 2月25日　初版発行
令和5年 3月5日　7版発行

発行者●山下直久

発行●株式会社KADOKAWA
〒102-8177　東京都千代田区富士見2-13-3
電話　0570-002-301（ナビダイヤル）

角川文庫 15581

印刷所●株式会社KADOKAWA
製本所●株式会社KADOKAWA

表紙画●和田三造

ISBN978-4-04-197015-7　C0195

◆◇◇

角川文庫発刊に際して

角川源義

第二次世界大戦の敗北は、軍事力の敗北であった以上に、私たちの若い文化力の敗退であった。私たちの文化が戦争に対して如何に無力であり、単なるあだ花に過ぎなかったかを、私たちは身を以て体験し痛感した。西洋近代文化の摂取にとって、明治以後八十年の歳月は決して短かすぎたとは言えない。にもかかわらず、近代文化の伝統を確立し、自由な批判と柔軟な良識に富む文化層として自らを形成することに私たちは失敗して来た。そしてこれは、各層への文化の普及滲透を任務とする出版人の責任でもあった。

一九四五年以来、私たちは再び振出しに戻り、第一歩から踏み出すことを余儀なくされた。これは大きな不幸ではあるが、反面、これまでの混沌・未熟・歪曲の中にあった我が国の文化に秩序と確たる基礎を齎らすためには絶好の機会でもある。角川書店は、このような祖国の文化的危機にあたり、微力をも顧みず再建の礎石たるべき抱負と決意とをもって出発したが、ここに創立以来の念願を果すべく角川文庫を発刊する。これまで刊行されたあらゆる全集叢書文庫類の長所と短所とを検討し、古今東西の不朽の典籍を、良心的編集のもとに、廉価に、そして書架にふさわしい美本として、多くのひとびとに提供しようとする。しかし私たちは徒らに百科全書的な知識のジレッタントを作ることを目的とせず、あくまで祖国の文化に秩序と再建への道を示し、この文庫を角川書店の栄ある事業として、今後永久に継続発展せしめ、学芸と教養との殿堂として大成せんことを期したい。多くの読書子の愛情ある忠言と支持とによって、この希望と抱負とを完遂せしめられんことを願う。

一九四九年五月三日

角川文庫ベストセラー

パイナップルの彼方　山本文緒

堅い会社勤めでひとり暮らし、居心地のいい生活を送っていた深文。凪いだ空気が、一人の新人女性の登場でゆっくりと波を立て始めた。深文の思いはハワイに暮らす月子のもとへと飛ぶが。心に染み通る長編小説。

ブルーもしくはブルー　山本文緒

偶然、自分とそっくりな「分身（ドッペルゲンガー）」に出会った蒼子。2人は期間限定でお互いの生活を入れ替わってみるが、事態は思わぬ展開に……！　読みだしたら止まらない、中毒性あり山本ワールド！

絶対泣かない　山本文緒

あなたの夢はなんですか。仕事に満足してますか、誇りを持っていますか？　専業主婦から看護婦、秘書、エステティシャン。自立と夢を追い求める15の職業の女たちの心の闘いを描いた、元気の出る小説集。

紙婚式　山本文緒

一緒に暮らして十年、こぎれいなマンションに住み、互いの生活に干渉せず、家計も別々。傍目には羨ましがられる夫婦関係は、夫の何気ない一言で砕けた。結婚のなかで手探りしあう男女の機微を描いた短篇集。

恋愛中毒　山本文緒

世界の一部にすぎないはずの恋が私のすべてをしばりつけるのはどうしてなんだろう。もう他人を愛さないと決めた水無月の心に、小説家創路は強引に踏み込んで——吉川英治文学新人賞受賞、恋愛小説の最高傑作。

角川文庫ベストセラー

眠れるラプンツェル　山本文緒

あなたには帰る家がある　山本文緒

なぎさ　山本文緒

シュガーレス・ラヴ　山本文緒

再婚生活　私のうつ闘病日記　山本文緒

主婦というよろいをまとい、ラプンツェルのように塔に閉じこめられた私。28歳・汐美の平凡な主婦生活。子供はなく、夫は不在。ある日、ゲームセンターで助けた隣の12歳の少年と突然、恋に落ちた——。

平凡な主婦が恋に落ちたのは、些細なことがきっかけだった。平凡な男が恋したのは、幸福そうな主婦の姿だった。妻と夫、それぞれの恋、その中で家庭の事情が浮き彫りにされ——。結婚の意味を問う長編小説！

故郷を飛び出し、静かに暮らす同窓生夫婦。夫は毎日妻の弁当を食べ、出社せず釣り三昧。行動を共にする後輩は、勤め先がブラック企業だと気づいていた。家事だけが取り柄の妻は、妹に誘われカフェを始めるが。

短時間、正座しただけで骨折する「骨粗鬆症」。恋人からの電話を待って夜も眠れない「睡眠障害」。フードコーディネーターを襲った「味覚異常」。ストレスに立ち向かい、再生する姿を描いた10の物語。

「仕事で賞をもらい、山手線の円の中にマンションを買い、再婚までした。恵まれすぎだと人はいう。人にはそう見えるんだろうな。」仕事、夫婦、鬱病。病んだ心と身体が少しずつ再生していくさまを日記形式で。